나를 위해
노력합니다

나를 위해
노력합니다

김예진 지음

강인별

차
례

[시작]
운동과의 첫 만남

[도전]

운동을 통한 새로운 삶

다섯 살 때, 엄마는 나중에 물에 빠져 죽지 말라고 수영을 배우게 하셨다. 나는 심하게 겁쟁이였다. 그래서 물에 들어가는 데만 한 달이 넘게 걸렸다. 하지만 나는 또 욕심이 많아서 남에게 지는 걸 싫어하고 승부욕이 많은 아이였다. 처음부터 수영 선수를 하려고 수영을 시작한 건 아닌데, 오기가 생겨 열심히 하다 보니 선수반에 들어가게 되었다. 그리고 초등학교 1학년 때는 선수반에 들어가서 5년간 선수 생활을 하게 되었다. 그런데 거기서 그친 게 아니라 도 대표로 경기에 출전해 좋은 성적을 거둬 수영 메달을 23개나 목에 걸기도 했다.

하지만 내 꿈은 수영 선수가 아니었다. 그때는 선생님들의 강요로 그냥 로봇처럼 수영을 했었다. 같은 레일을 계속해서 돌아야 하는 운동이 나에게는 적성에 맞지 않았다. 그래서 5년이 지난 후, 미련없이 수영을 그만뒀다.

원래 어릴 때는 대통령도 되고 싶고, 우주비행사도 되고 싶고, 꿈이 여러 번 바뀌는 게 흔한 일이라 생각한다. 그동안 나의 꿈도 여러 번 바뀌었다. 수영 선수 5년, 골프 선수 4년, 축구 선수 11년, 그리고 트레이너 5년차인 지금은 동료들과 함께 '삐약스핏'이라는 운동 채널을 운영하는 47만 구독자(2022년 7월 기준)를 보유한 유튜버이기도 하다. 삐약스핏은 다양한 운동 방법을 누구나 쉽고 신나게 따라할 수 있게 전달한다.

어릴 적 수영을 시작으로 지금까지 운동을 손에서 놓지 않고 계속 해왔다. 처음부터 운동을 내 직업으로 삼을 생각은 없었다. 단지 내가 좋아하는 순간을 선택하다 보니 여기까지 온 것이다.

한 가지 일을 꾸준히 해내거나, 좋아하는 삶을 살고

싶거나 마음속 꿈을 현실로 만들어 가고 싶은 사람들에게 이 책이 도움이 되길 바란다. 이 책은 평범한 사람이 좋아하는 일을 직업으로 바꾼 이야기다. 그렇게 되기까지의 도전과 성장의 이야기가 담겨 있다.

운동과 삶은 비슷하다. 꾸준히 노력한 만큼, 간절히 원한 만큼 좋은 변화가 찾아온다.

시작

운동과의
첫 만남

남과 비교하지 말고, 나를 사랑해 주자.
세상에서 가장 소중한 사람은 자기 자신이라는 걸
잊지 말았으면 좋겠다.
그런 하루 하루가 모여서 내가 원하는 삶이 되고,
그런 시간들이 쌓여 내가 원하는 내가 된다.

운동과의
첫 만남

프롤로그에서도 말했듯이 나는 다섯 살 때, 수영을
시작했다. 엄마가 하셨던 말이 어렴풋이 기억이 난다.
물에 빠졌을 때, 스스로를 구할 정도의 수영 실력은
갖추고 있어야 한다고. 그렇다. 나는 엄마의 권유로
수영을 시작한 것이다.

수영, 골프, 축구, 이렇게 세 가지 종목의 선수 생활
을 했지만, 특히 수영을 했을 때가 가장 힘들었던 것
같다. 같은 레일을 계속해서 돌아야 하는 수영이라는
종목은 나에게는 너무 힘든 일이었다. 워밍업으로

8층짜리 건물을 왕복 20번 오르락내리락 했고, 심지어 한 칸에 한 번씩 뛰는 게 아니라 계단 한 개당 세 번씩 밟고 올라가고 내려가야 했다. 그 훈련이 끝나면 이제야 본 운동이 시작된다. 물속으로 들어가서 계속해서 수영을 한다. 어린 나로서는 대체 왜 그렇게까지 해야 하는지 이해할 수 없고 받아들이기 힘든 훈련이었다.

지금도 수영 선수들을 존경하고 정말 대단하다고 생각한다. 수영은 순전히 혼자만의 싸움이고, 외롭고, 힘든 운동이었다. 그때 당시에는 그냥 하라고 하니까 로봇처럼 매일 했을 뿐이었다. 부모님 중 누구도 그렇게까지 열심히 하라고 하신 적은 없다. 단지 다른 사람에게 지고 싶지 않은 마음에 그렇게 열심히 했던 것 같다.

그러던 어느 날, 장래희망에 대해서 학교에서 이야기를 나누는데, 친구들 모두 내 꿈이 수영 선수 국가대표인 줄 알고 있었다. 그런 상황을 마주하니, 내가 앞으로 수영을 계속해서 할 수 있을까,라는 생각이 들었다. 그래서 미련 없이 수영 선수 생활을 그만뒀다. 그러고 다시 시작한 운동이 골프였다.

그때 당시에 학교 대표, 시 대표로 대회를 출전했었는데, 매번 좋은 성적을 거뒀었다. 수영을 그만뒀다고하니, 교장선생님께서 교장실에 따로 날 부르셨다. 그리고 테이블 위에 맛있는 것을 잔뜩 올려 놓고 대화를나누었었다. 그때 당시에 내가 좋아했던 최애 불량식품도 있었다. 우유갑에 들어 있는 주스를 얼려서 긁어먹는 아이스크림이었다. 그 아이스크림을 긁어먹으면서 교장선생님과 대화를 나눴다. 너무 어이 없는 상황이다. 뭘 그걸 앉아서 긁어먹었는지 지금 생각해 보면 피식 웃음이 난다.

　　교장선생님은 수영 선수 생활을 계속 하라고 하진않겠다, 하지만 대회만 나가 달라고 하셨다. 대화를나눈 후 긁어먹는 아이스크림과 각종 불량식품을 양손 가득 안고 교장실을 나왔고, 그렇게 성사된 교장선생님과의 귀여운 계약대로 초등학교 졸업할 때까지대회가 있을 때만 출전했다. 그렇게 내 수영 선수 생활은 막을 내렸다.

　　내가 지금까지도 자주 듣는 말이 있다. ‘너는 운동능력이 타고났고, 별로 열심히 안 해도 운동 잘해서

부럽다.' 하지만 그 사람이 얼마나 노력을 하고 있는 지 한 번 본다면 그런 말을 쉽게 할 수는 없을 것이다. 그렇게 되기까지 그 사람만의 피나는 노력이 있다는 것을 안다면.

비록 수영을 그만두긴 했지만, 다시 그 시절로 돌아 간다 해도 그렇게 열심히는 못할 만큼 최선을 다했다. 선수 생활을 그만 두고 '그때 좀 더 열심히 해볼걸.' 하 는 후회가 조금도 남지 않도록 입에서 매일 피 맛이 날 정도로 노력했다. 세 가지 종목의 선수 생활을 했 지만, 모든 종목에서 그 이상은 못할 만큼 열심히 했 다. 그래서 운동을 그만 둔 지금, 단 한 순간도 후회한 적 이 없다.

이 글을 읽는 독자들도 지금 어떠한 것에 도전하고 있다면, 나중에 내가 이 일을 그만뒀을 때, 그때 조금 만 더 열심히 해볼걸, 하는 후회가 남지 않도록 최선 을 다하길 바란다. 그렇다면 지금 하는 일에 대한 성 과, 결과가 자연스럽게 따라올 것이다. 그 노력의 끝 이 원하는 결과가 아닐지라도, 그때의 노력이 물거품이 되는 것은 아니다.

수영을 그만두긴 했지만, 그때 배웠던 수영으로 성인이 되어 '라이프가드'라는 인명 구조 자격증을 취득했다. 그래서 물에 빠진 친구를 구해 줄 수 있었다. 또, 골프를 그만두긴 했지만, 그때 배워 둔 골프로 아빠와 스크린 골프도 다니고 즐거운 시간을 보낼 수 있게 되었다. 비록 축구를 그만두긴 했지만, 그때 배워 둔 축구와 여러 훈련들로, 많은 사람에게 좋은 운동을 가르쳐줄 수 있게 되었다. 내가 생각했던 것과 다른 결과가 나오더라도, 절대 그 노력은 없어지지 않는다. 노력은 배신하지 않는다.

일어나지도 않은 일은 걱정하지 말자

중학교 2학년 때 처음 축구부에 들어갔다. 처음엔 축구부라는 것이 있는지도 몰랐다. 축구부가 있는 학교로 전학 가기 전, 사실 어린 마음이었지만 나는 세상에 있는 여자 중에 내가 축구를 제일 잘한다고 생각했다. 여자애들 중에서도 내가 제일 잘했고, 동네에서도 제일 잘했었고, 남자애들보다도 잘했었다.

그러다가 축구부에 처음 들어갔을 때의 공포감은 아직도 잊지 못한다. 공을 떨어뜨리지 않고 계속 차는 것을 리프팅이라고 하는데, 리프팅을 몇백 개씩 차는 친구들이 대다수였고, 나는 많이 차야 세 개였다. 그리고 다들 달리기는 어찌나 빠른지, 거기엔 전부 치타들만 모여 있는 줄 알았다. 공은 또 어찌나 멀리들 차는지 발에 무슨 장치가 설치되어 있는 줄 알았다. 그렇다. 나는 우물 안 개구리였던 것이다.

처음에 가자마자 든 생각은 두려움이었다. 낯선 곳에 와서 내가 잘해낼 수 있을까. 내가 제일 못하는 것 같은데 여기서 같이 운동을 할 수는 있는 걸까. 너무 못한다고 혹시 퇴출되지는 않을까. 일어나지도 않은 일에 대해 벌써부터 걱정만 수천 가지였다. 그 걱정들이 나를 사로잡아 아무것도 할 수가 없었다. 서론에서 말했다시피 나는 겁쟁이였다.

엄마에게 말했다. "나 여기서 하기 싫어. 서울 말고 시골에 있는 학교로 갈래." 엄마는 어릴 때부터 친구 같은 엄마이자 나의 든든한 버팀목이었다. 하지만 엄격할 땐 엄격한 엄마이기도 했다. 그 말을 들은 엄마는 "아직 시작도 안 했는데 벌써 이럴 거면 축구 하지 마. 잘하는 친구들이랑 있어야 더 많이 배우고, 더 빨리 성장하는 거야. 그런 정신상태로 넌 아무것도 못 해."라고 말씀하셨다. 그 말을 듣고 나는 뒤통수를 한 대 맞은 기분이었다. '그러네. 아직 시작도 안 해 봤네.'

그때 이후로 겁쟁이였던 나는 조금 달라지기 시작했다. 엄마의 그 한마디가 내 마음가짐을 바꾸게 만들었다. 나는 승부욕이 생기기 시작했다. 나와 같은 나이이고, 친구고, 아직 어린데, 나도 할 수 있겠다. 나도 해보자.

훈련 첫날이 되었다. 나는 당연히 친구들보다 축구를 못했고, 부족한 점 투성이인 초보였다. 하지만 무섭지 않았다. 마음가짐만 조금 바꿨을 뿐인데 내가 생각해도 나는 며칠 전과 확연히 달라져 있었다. 그리고 걱정했던 일들은 하나도 일어나지 않았다. 일어나지 않은 일을 걱정해서 얻은 것은 불안함과 초조함, 그리고 작아지는 내 모습이었다. 그런 모습을 바라보는 나는 더 작아질 뿐이다. 지금 당장 내 앞에서 펼쳐지고 있는 일을 똑바로 마주하는 것이 훨씬 중요하다.

남과 경쟁하지 말고 나와 경쟁하자

입학한 학교 감독님의 교육 방식은 특이했다. 감독님은 레벨로 나눠서 훈련을 진행했다. A, B, C조로 나눠서 훈련을 진행하는데 C조는 가장 못하는 조, B조는 중간, A조는 가장 잘하는 사람들이 갈 수 있는 방식이다. 나름의 룰이 있다. 조는 언제든지 바뀔 수가 있고, A조는 5명이라는 인원 제한이 있었다. 그래서 누군가 A조에 가면 한 명은 B조로 가야 했다. 솔직히 지금 생각해 보면 잔인하고, 비인간적이고, 어린아이들에게 맞지 않는 교육방식이라고 생각한다. 하지만 돌이켜보니, 그때의 나에게 그 방식은 자극제가 되었고, 빨리 성장할 수 있는 교육방식이었다. 어쩌면 감독님은 나 같은 아이들이 있기에 그런 교육방식을 택하신 걸지도 모르겠다. 지금 이 나이에 다시 그런 방식으로 운동을 하라고 하면 못할 것 같다. 그땐 어렸기에 그 방식이 먹혔을지도 모르겠다.

나는 처음엔 당연히 C조였다. C조에서도 정말 못하는 멤버였다. 운동을 늦게 시작해서 막내도 아니었기에 후배, 동생들과 함께 C조에서 운동했다. 그것이 당연한 거라고 생각하면서도, 숙소에서 같이 뛰어노는 친구들은 저기 위에 있는데, 나만 여기 있다고 생각하니까 너무 속상하고 자존심도 상하고, 창피하고 훈련할 때마다 숨고 싶었다. 난 더 잘하고 싶은데 친구들이 너무 높은 곳에 있다고만 생각했다. 그 친구들을 따라가고 싶은 생각에 열심히 발버둥을 쳐봤다. 하지만 이런 마음가짐은 나를 더 힘들게만 할 뿐이었다.

어느 새벽, 나는 러닝을 하면서 생각했다. '내가 저 위에 있는 친구들을 따라잡으려면 어떻게 해야 할까.' 아무리 생각해도 답이 떠오르지가 않았다. 한 30분을 뛰었을까. 멍해졌던 머릿속이 잠깐 정신이 들면서 스스로에게 질문을 바꿔서 던져 봤다. '친구들을 따라잡으려면'이 아니라 '내가 A조에 가려면 어떻게 해야 할까'로 말이다. 그때 갑자기 띵 하더니 뭔가를 깨달은 듯한 기분이 들었다.

나는 그동안 저 높은 곳에 있는 친구들과 나를 비교하기만 했다. '나는 매일 C조에 있고, 친구들은 A, B조에 있구나. 나는 언제 친구들이랑 같이 운동해 보지?' 이렇게 매일 작아져만 갔다. 그러니 운동하는 게 즐겁지도 않았고, 어딘가로 숨고 싶었고, 도망치고 싶은 순간들의 연속이었다. 생각해 보니 그때의 내가 잘하는 친구들을 목표로 잡고 달린다는 건 애초에 성립이 되지 않았다. 친구들은 초등학교 때부터, 혹은 중학교 입학할 때부터 축구를 시작한 것이었고, 나는 중학교 3학년에 올라가면서 갓 축구를 시작했으니 말이다. 그런 친구들과 매일 비교하며 운동하려니 실력이 빨리 늘지도 않고, 자존감만 떨어졌다.

나는 마음을 다르게 먹고 연습해 보기로 했다. '애들은 100개 하는데 나는 왜 3개밖에 못하지?'가 아니라 '어제 내가 리프팅을 3개 찼는데 오늘은 5개를 차 볼까?' 그리고 '친구들은 저기 A, B조에 있는데 나는 왜 C조에만 있지?'가 아니라 '다음 달까지는 내가 B조로 올라가도록 이걸 연습해 볼까?' 이런 식으로, '남'이 아니라 '어제의 나'랑 비교를 하면서 운동을 해보기로 한 것이다.

결과는 성공적이었다. 운동 나가는 게 즐거워졌고, 어제보다 실력이 좋아지는 나를 보면서 만족이라는 걸 경험하게 되었고 자연스럽게 자존감도 올라갔다. 그 전에는, 분명 어제보다 실력이 느는 것인데도 남들과 비교를 하다 보니 열심히 하고 있는 나를 칭찬하거나 용기를 북돋아 줄 수 없었던 것이다. 어쩌다 한 번 넘어질 때, 좌절해 있는 나를 일으켜 세울 힘이 없었던 것이다. 그렇게 매일 스스로를 무너뜨리는 날들의 연속이었는데 생각을 바꾼 후로 매일 운동하는 것이 즐거웠다.

그렇게 재미를 붙이다 보니 개인 훈련 시간도 점점 늘었다. 친구들이 그러다 위가 늘어난다고 할 정도로 밥을 많이 먹고 바로 운동을 하러 나갔고, 틈만 나면 연습하고 틈만 나면 운동을 했다. 그렇게 해도 전혀 힘들다는 생각이 들지 않았다. 그저 즐겁기만 했다. 어제의 나보다 실력이 좋아진 내 모습, 그리고 한 달 전의 나보다 훨씬 잘하는 내 모습을 보면서 나는 자존감이 많이 올라갔고, 그렇게 한 걸음 한 걸음 성장하다 보니, 어느새 나는 성장해 있었다. 나도 모르는 사이 내가 A조 친구들과 같이 운동을 하고 있는 것이다.

트레이너 생활을 하면서 많은 사람들을 만났다. 다들 각자 다른 이유로 살을 빼려고 우리를 찾아온다. 건강해지기 위해서, 멋진 엄마가 되고 싶어서, 입고 싶은 옷을 입기 위해서 등등 여러 이유로 찾아오는 사람들을 만날 수 있다.

운동을 동시에 시작한 두 사람이 있다. A와 B 둘 다 같은 기간에 5kg이 감량되었다. 이때 A는 "아... 그렇게 열심히 했는데 5kg밖에 안 빠졌네."라고 말했고, B는 "와!! 나 5kg이나 빠졌다! 너무 신난다!!"라고 말했다. 조금 더 시간이 지났을 때 A와 B 중 누가 더 좋은 성과를 얻을 수 있었을까? 결과적으로 B가 더 좋은 성과를 얻을 수 있었다. A는 열심히 해서 5kg이 빠졌음에도 TV에 나오는 아이돌, 연예인, 인플루언서 등 다른 사람들을 본인과 자꾸 비교하며 깎아내렸다. 단 한 순간도 스스로를 칭찬해 주지도, 만족해하지도 않았고, 실망감과 불안함을 가지고 쫓기듯 다이어트를 했다. A는 그러다 불안한 마음에 갑자기 극단적으로 굶고, 다시 폭식하고를 반복하여 요요를 맞이하게 되었다. B는 달라지는 몸을 보면서 너무 신나 했고, 열심히 하는 스스로를 많이 아껴주고 행복해했다. 조급하게 생각하기보다는 건강하게 식단하고, 운동하면서 이뤄내는 성과를 감사히 생각하고 즐기면서 다이어트를 했다. 그러다 보니 극단적이고 돌발적인 행동도 없었고, 건강하게 다이어트를 성공했다.

A에게 너무 잘하고 있다고, 지금 이 정도면 잘하는 거라고 아무리 이야기해 줘도 본인의 의지가 없다면 스스로를 믿기 힘들다. 내가 나를 사랑해 줘야 한다. 몸도 느낀다. 내가 지금 사랑받고 있는 건지, 미움받고 있는 건지. 먹어서 살찐 건 난데, 왜 몸이 미움을 받아야 하는지 잘 생각했으면 좋겠다. 내가 먹었으니까,

내가 찌운 살이니까 몸에게 미안하다고 사과하자.

　남과 비교하지 말고, 나를 사랑해 주자. 내가 제일 멋지고 아름답다. 오직 자기 자신과만 경쟁하자. 어제의 나보다 오늘의 내가 더 나은지에만 집중하자. 타인의 빛나는 부분과 나의 평범한 부분을 같은 기준선에 두고 자책하고 비교하지 말자. 내 자존감은 남에게서 찾는 게 아니라 나에게서 찾아야 한다. 나를 사랑하는 마음에서부터 나오는 것이다. 세상에서 가장 소중한 사람은 자기 자신이라는 걸 잊지 말았으면 좋겠다. 그런 하루 하루가 모여서 내가 원하는 삶이 되고, 그런 시간들이 쌓여 내가 원하는 내가 된다. 그런 삶, 그런 나를 위해 노력할 때, 내 자존감은 나도 모르게 높아져 있을 것이다. 그리고 그토록 바라던 '멋진 나'를 만날 수 있을 것이다.

감당하기 어려운 아픔은 충분히 힘들어 하기

살면서 누구나 가슴이 쿵! 하며 '난 이제 어쩌지? 어떻게 해야 할까?' 걱정했던 경험 한 번씩은 있었을 거라 생각한다. 그 상황은 모두가 다르겠지만 각자가 느낀 그때의 그 감정을 생각하며 '나는 그때 어떻게 대처했는가'를 생각해 볼 필요가 있다.

'난 어쩌지? 어떻게 해야 할까?'라는 말은 그리 긍정적인 느낌은 아니다. 그래서 나의 가슴이 쿵! 했던 경험을 공유해 볼까 한다. 그때의 나는 그 쓰린 감정을 어떻게 지나 보냈는지, 나는 어땠는지를 생각하면서 말이다.

고등학교 3학년 때 국가대표 상비군에 발탁되어 전남 구례에서 훈련을 받고 있을 때의 일이다. 우리 엄마는 아프다는 말을 잘 안 하는 분이다. 예전에 대상포진이 발병했을 때에도 나는 알지도 못했을 정도로 잘 참고, 아픈 걸 자식들에게 내색하지 않는 분이다.

　어느 날, 나는 훈련을 받고 저녁에 여유롭게 방에서 딸기를 먹으며 엄마에게 안부전화를 했다. 그런데 엄마의 목소리에 힘이 없었다. 어디 아프냐고 하니까 그냥 소화가 잘 안 돼서 소화제를 드셨다고 했다. 그래서 대수롭지 않게 생각하고 여느 날과 다르지 않게 알겠다고 쉬라고 하며 전화를 끊었다. 다음 날, 속은 괜찮아졌나 하는 마음에 전화를 걸었다. 엄마는 한껏 밝은 목소리로 전화를 받으셨다.

　"엄마가 사실 어제 동네병원에 다녀왔어. 뇌종양인데 여기서는 치료를 할 수 없으니 큰 병원에 가보라고 해서 오늘 큰 병원에 가봤더니 다행히 양성종양이라더라. 난 또 하도 병원에서 겁을 줘서 악성종양인 줄 알고 너희 두고 죽는 줄 알고 이것저것 많이 알아보느라고 하루 종일 난리였어. 아휴, 다행이지 뭐야, 수술하면 괜찮대."

"...?!"

통화를 하면서도 내가 제대로 듣고 있는 게 맞는 건지, 물음표 하나와 느낌표 하나가 머릿속을 휭 하고 지나갔다. 나는 엄마의 밝은 목소리에 제대로 뭘 물어 보지도, 슬퍼지도 못했다. 엄마는 뇌종양이라면서 왜 이렇게 밝게 이야기를 하지? 내가 아는 그 뇌종양이 맞는 건가? 라는 생각이 계속 들 뿐이었다. 엄마는 너무 다행이라고, 수술하면 괜찮다면서 나를 안심시키고 전화를 끊었다. 전화를 끊고 바로 검색을 해봤다. 수술을 하려면 머리카락도 다 밀어야 하고, 꽤 큰 수술이라고 했다. 나중에 알게 된 사실이지만 종양의 위치도 코 바로 위의 위험한 쪽에 있었고 수술 시간도 꽤 길었다고 한다. 수술은 빠르게 날짜를 앞당겨서 하게 되어, 내가 훈련을 받고 있는 날짜와 겹치게 되었다. 감독님은 하루 빠져도 괜찮으니까 엄마한테 다녀오라고 하셨다. 감독님께 감사 인사를 드린 뒤 엄마에게 어디 병원이냐고 내일 가려고 한다고 전화를 했다. 엄마는 너가 오면 불편할 것 같다며 그냥 수술하면 괜찮다고 하니까 그냥 거기서 훈련 받고 오지 말라고 하셨다. 엄마가 너무 강경하게 말씀을 하셔서 나는 갈 수가 없었다. 그렇게 엄마의 수술을 함께 하지 못했다. 그리고 기숙사 생활을 했기 때문에 온몸으로 걱정과 불안을 드러내는 내 행동이 단체 생활에 피해가 갈까 봐 아무렇지 않게 생활하고 훈련에 임하려고 노력했다. 그 누구도 티 내지 말고, 아무렇지 않은 척 잘 지내라고 말한 적은 없다.

엄마의 수술은 다행히도 잘 되었다. 수술 다음 날 훈련을 하는데 그날따라 뭔가 몸이 너무 가볍고 날아갈 듯이 좋았다. 이 컨디션이면 누구도 이길 수 있을 것 같았다. 몸이 너무 가볍거나 몸이 너무 무거우면 그날은 조심하라는 말이 있다. 나는 그날 그 말을 간과했다. 여느 날보다 열심히 뛰어다녔다. 그런데 그때, 누구와 부딪친 것도 아닌데 혼자 다리가 꼬여 넘어졌다. 뚜두둑 하는 소리와 함께 나는 쓰러졌다. 친구들은 그 소리가 잔디가 뽑히는 소리인 줄 알았다고 한다. 그때 처음으로 부상을 당했다.

나는 쓰러진 채로 움직일 수가 없었다. 정말 살면서 처음 당해 본 큰 부상에 무서웠고, 두려웠다. 응급차가 와서 병원에 가고, 나는 '전방십자인대 완전파

열'이라는 진단을 받았다. 그때 내 나이 열아홉, 고등학교 3학년이었다. 대학 진학을 앞두고 정말 중요한 시즌을 수술과 재활로 보낼 생각을 하니 앞이 깜깜했다. 긍정적이라고 자부했던 나도 그런 순간을 마주하니 정신을 못 차리겠고, 마음을 다잡을 수가 없었다. '진짜 다 끝난 걸까? 나 이제 축구 못하나? 엄마 수술하는 걸 보러 갈 걸 그랬나? 그럼 다치지는 않았을 텐데.' 이런 안 좋은 생각들이 들면서 심리적으로 많이 무너졌다. 주변에서는 "괜찮다. 너가 해오던 게 있으니까 문제없다. 치료만 잘해라." 위로의 말을 많이 해줬다.

하지만 그때의 나는 그런 말들이 귀에 하나도 들어오지 않았다. 정말 나쁜 생각이지만 솔직하게 얘기하면 '자기 일 아니라고 너무 쉽게 얘기하는 거 아닌가? 나 지금 너무 힘든데.' 이런 생각이 드는데 이런 생각을 하는 내가 너무 미웠다. 그런 생각을 하는 것에 대한 자책과 '그때 그쪽으로 움직이지 말걸!' 하는 후회 등 여러 부정적인 생각들이 나를 휘어잡고 있었다. 어떻게든 빠져나오고 싶었는데 그땐 그게 잘 안됐다. 주변의 어떤 소리도 들리지 않았고, 그냥 어딘가로 떨어지는 기분이 계속 들었다. 나는 그런 마음으로 수술 날짜를 기다렸다.

의미 없는 하루하루가 지나고, 수술일이 되었다. 다리를 수술하기 때문에 보호자가 필요했다. 내 보호자는 뇌수술을 마친 지 얼마 되지 않은 엄마였다. 너무 미안하고 또 미안했다. 고개를 들 수 없었다. 하지만 엄마는 수술실에 들어가는 나를 보며 "가게 안 나가니까 엄마가 요양 온 것 같고 좋다. 너가 아니라 내가 쉬다 가겠는데?"라며 수술 잘 받고 나오라고 하셨다.

수술이 끝나고 마취에서 깨어나 눈을 떴는데 갑자기 눈물이 쏟아졌다. 훌쩍훌쩍 우는 정도가 아니라, 정말 숨이 넘어갈 정도로 흐느끼며 울었다. 간호사, 의사 선생님들이 다 큰 애가 갑자기 우니까 놀라서 왜 그러시냐며 많이 아프냐고 물어보시고, 엄마도 내가 이렇게 우는 걸 처음 보셔서 대체 왜 우는 거냐고 계속 물어보셨다. 하지만 나는 대답할 수가 없었다. 왜냐하면 나도 내가 왜 우는지 이유를 알 수 없었으니까. 수술이 끝나고 눈을 떴을 때 그냥 이상한 감정들이 휘몰아치면서 눈물이 터져나왔다. 그래서 나는 그들의 질문에 한 마디도 대답을 할 수 없었다.

　남들 앞에서 그렇게 크게 울어 본 건 처음이었다. 남들 시선을 의식하지 않고, 목 놓아 우는 그 10분 동안, 정말 내 세상인 듯 원 없이 울었다. 그렇게 울음을 그치고 나면 창피하고 어디론가 숨어 버리고 싶을 줄 알았다. 하지만 결과는 아니었다. 속이 너무 시원하고 이제야 주변이 보이기 시작했다. 마치 귀가 꽉 막힌 사람처럼 아무런 위로의 말도 들리지 않던 내가, 이제는 그 위로의 말을 건네는 사람의 얼굴, 목소리, 그 말의 의미, 따스한 마음까지 느끼고 있었다. 그리고 받아들일 수 없었던 현실을 마주할 수 있는 '마음의 방' 문이 열렸다. 부상을 당하고, 수술을 하기 전에도 주변에서 '괜찮다, 재활 잘하면 된다, 넌 할 수 있지 않느냐.'라고 많은 위로의 말을 해주었다. 그런데 그런 말들을 들으니 진짜 해내야만 할 것 같았고, 슬퍼하면 안 될 것 같고, 무조건 잘 이겨내야만 할 것 같았다.

　정신을 차리고 붕대로 칭칭 감겨 있는 다리를 내려다보는데 슬픔보다는 여유가 생겼다. '아, 너무 열심히 달려와서 잠깐 쉬어가라는 뜻인가 보다. 나에게 주어진 쉬는 시간이라고 생각하자.' 부상 후 처음 느껴보는 긍정적인 마음이었다. 그런 생각을 하는 순간 깜깜하게만 보였던 세상에 다시 색이 채워지면서 주변이 온통 환해졌다.

아프면 아프다고 하고, 울고 싶으면 그냥 울어버리고 슬프면 슬프다고, 내 감정을 솔직하게 말하는 것도 필요한 것 같다. 내 감정을 부정하지 말고, 남들이 그렇다고 하니 그런 거구나, 하지 말고 나 자신에게 솔직하게 말이다. 내가 괜찮다는 걸 내가 받아들이지 않으면 그건 괜찮은 게 아니다. 계속 마음에 남고, 마음의 방이 만실이 되어 마음의 병이 난다. 내가 인정하고, 내가 그 현실을 받아들일 수 있을 때, 그때야 비로소 주변이 보인다. 지금 어떠한 일 때문에, 좋지 않은 상황 때문에 멈춰 있다면, 그건 멈춰 있는 게 아니라, 너무 열심히 달려온 나에게 주는 쉬는 시간이라고 생각해 보는 건 어떨까? 그럼 그 쉬는 시간을 좌절로 지새우는 게 아니라 더 효율적으로 의미 있게 사용할 수 있을 것이다. 물론 효과도 배가 될 것이다. 참지 말자. 그 누구도 참으라고 한 적 없다.

# 실패는 성공이라는 곳을
향해 가며 머무는 정류장

보통 운동을 하다가 수술을 하게 되면, 거의 1년을 버린다고 생각한다. 수술에, 재활에, 복귀한다고 해도 예전의 몸으로 올라오는 데 걸리는 시간까지... 그래서 다들 큰 부상을 입으면 많이들 좌절한다. 나 또한 그랬다.

나는 축구를 하면서 총 세 번의 무릎 수술을 했다. 많이 좌절도 하고, 무너지고, 몸도 마음도 힘들었다. 처음에 다쳤을 때 겨우 마음을 잡았던 건, '그래, 나에게 주는 쉬는 시간이라고 생각하자.'라는 마음으로 치료를 이어나갔었다. 두 번째 다쳤을 때는 '왜 또 나에게 이런 일이 일어난 거지.'라는 생각에 많이 무너지고 받아들이기가 힘들었다. 세 번째 다쳤을 때는 울음도 나지 않았다. 그냥 '아, 또 나갔네...'라는 생각이 들었다. 받아들였다기보다는 해탈에 더 가까웠다고 볼 수 있다.

나는 한 번씩 그런 생각을 했다. '재활로 보냈던 시간들만 아니었다면 내가 더 훌륭한 선수가 될 수 있었을까?' '중요한 순간에 다쳤던 그 시기들이 나를 무너지게 하고, 괴롭게 했던 그 순간들이 내가 꿈을 향해 다가가는 데 걸림돌이 된 건가?' 이런 생각들을 종종 했었다.

내가 찾은 해답은 '아니다.'였다. 그때는 괴로움을 잊으려 뭐든 해보려고 시작했던 거였지만, 병원에 있는 동안 재활을 하면서 해보고 싶었던 공부도 많이 하고, 따고 싶었던 자격증도 따고, 운동하느라 하지 않았던 것들을 하나씩 하다 보니 그 시간들도 나름 의미 있게, 무료하지 않게 보낼 수 있었다.

대추나무에 상처를 내면
그해 대추가 더 많이 열린다.
조개 속 상처가 바로 진주이고,
많이 밟힌 길이 좋은 땅이 된다.
모두가 상처의 힘이다.
실패도 스펙이다.

안명옥 시인의 시이다. 나는 이 시를 좋아한다. 힘들 때 많이 위로가 되는 시이다.

조개 속 진주는 나만이 발견할 수 있다. 나에게 필요한 좋은 땅은 내가 만드는 것이라고 생각한다.

부상을 입고, '왜 세 번이나 다쳤지, 열심히 한다고 하는데 왜 자꾸 나한테 이런 일들만 생기는 거지?' 하면서 스스로를 불행한 사람으로 만들었다면, 그때의 나는 그 힘든 시간을 어떻게 이겨낼 수 있었을까?

행복과 불행의 차이는 생각의 차이일 뿐이다. 불행하다고 생각하는 사람은 부족하고, 부정적인 곳에만 눈길을 주고 빠져든다. 아무리 행복이 흘러 넘쳐도 만족하지 못하고 항상 스스로가 불행한 사람이라고 불쌓히 여긴다. 반대로, 행복하다고 생각하는 사람은 작은 것에도 만족할 줄 알고, 긍정적인 곳에만 눈길을 주고 빠져든다. 그래서 스스로 항상 행복한 사람이라고 생각하며 산다.

행복을 거창하게 생각하지 말자. 실패를 또 다른 도전으로 이겨내고, 고난과 역경을 또 다른 기회로 살려내고, 내가 내 행복을 찾아보자. 웃음이 나지 않아도 거울을 보고 한 번 웃어 본다면 정말로 웃을 일이 생긴다. 어떤 고난과 역경, 어려움이 찾아와도 그걸 또 다른 기회로 바꿀 수 있는 건, 내 몫이다. 아무도 도와주지 않는다.

목표를 위해, 꿈을 위해 겪는 실패와 고통은 좋은 현상이다. 가끔 무너져도 괜찮다. 실패와 고통이 무서워서 도망치고 피해 버리면, 나중에 더 아픈 실패와 고통을 만나게 될지도 모른다. 두려워하지 말자. 지금 좌절한 그 시간에 멈춰 있지만 말고, 털고 일어나서 내가 지금 할 수 있는 건 무엇인지를 냉정하게 생각해야 한다.

그 힘들었던 시간들로 인해서 나는 지금 이곳에서 운동을 가르치고, 지금의 직업을 가질 수 있게 되었다. 실패를 두려워하지 말자. 나중에 실패를 두려워하지 않고 잘 이겨낸 나에게 감사하자. 열심히 살아준 그때의 나에게 감사한다.

원하는 것을 위해 포기해야 하는 것들

운동선수를 하면 대부분 기숙사 생활을 하게 된다. 숙소에서 선수들끼리 생활을 한다. 지방이나 해외로 전지훈련도 가게 된다. 한마디로, 집에서 나와서 생활하게 되는 경우가 많다. 전지훈련을 가는 경우에는 몇 개월 동안 집에 가지 못하는 경우도 있다. 그리고 일주일에 한 번씩 외박을 받는다. 외박을 받는다는 건 주말이나 쉬는 날, 숙소가 아닌, 집에 다녀올 수 있는 시간이 주어지는 것이다. 그래서 어릴 땐, 숙소 생활에 적응하지 못해서 운동을 그만두는 친구들도 많이 있었다. 운동선수의 삶을 위해서 가족과의 시간을 포기했어야 하니까.

나도 운동선수를 하면서 포기한 것들이 있는데 그 중에 아직까지도 아쉬움이 남는 게 있다. 학교를 다니면서 선수 생활을 하면 아침, 저녁으로 운동을 하기 때문에 교내 활동에 참여를 많이 못하는 경우가 다반사이다. 수학여행, 졸업여행, 수련회, 대학MT 등 친구들과 학교에서 가는 행사들을 같이 해 보지 못한 것이 시간이 지난 지금까지도 참 아쉽다. 훈련을 해야 하기 때문에 학창 시절 친구들과의 추억은 포기해야 했다. 하지만 원하는 걸 얻기 위해서는 포기해야 하는 것이 있다는 걸 받아들여야 한다.

다이어트도 마찬가지라고 생각한다. 다이어트 좀 해보려고 하면, 주변에서 그렇게 음식 유혹이 있는 것 같고, 평소보다 약속이 더 많이 잡히는 것 같다. '이 술 약속만 나가고 하루만 더 늦게 시작할까, 이것만 먹고 내일부터 시작해도 괜찮지 않을까, 이것만 먹어도 되겠지, 운동 좀 쉬면 어때.' 이러한 여러 유혹들이 나를 사로잡는다. 물론 내일부터 시작해도 큰 문제가 되진 않는다. 운동을 하루 미룬다고 해서 큰 문제가 생기지도 않는다. 하지만 이런 상황들이 반복되다 보면, 내 다이어트는 계속 제자리일 것이다.

솔깃한 여러 다이어트 방법들이 유행을 한다. 열심히 운동하고, 식단하고, 이렇게 시간을 투자하고, 먹고 싶은 걸 못 먹고 다이어트를 하게 되는 게 뭔가 손해인 것 같다는 생각이 들 수 있다. 그래서 무리한 다이어트로 한 번에 많은 체중을 감량한 사람들도 주변에서 쉽게 볼 수 있다. 하지만 다시 돌아오는 사람들은 더 쉽게 찾아볼 수 있다.

나는 '한 달에 10kg 감량'이라는 말은 참 무서운 말이라고 생각한다. 한 달에 10kg, 뺄 수는 있다. 하지만 그렇게 뺀 살은 99% 요요가 오게 되어 있다. 한 달 만에 10kg을 빼고, 일주일 만에 15kg 찔 확률이 더 높다.

우리 몸은 항상성이라는 시스템이 있다. 항상성은 외부의 자극에 내 몸을 일정한 상태로 유지하려는 우리 몸의 성질이다. 내가 만약 60kg이라고 가정하자. 여기서 내가 한 달 만에 50kg까지 감량을 했다면, 항상성 시스템이 고장 난 채 체중만 빠진 것이다. 과학적으로도 몸은 변화를 거부하게끔 세팅되어 있다. 내 몸은 아직 60kg에 항상성이 세팅되어 있다. 그래서 당연히 돌아가려고 할 것이다. 내 몸을 속일 시간이 필요하다. 한 달에 2kg 감량을 목표로, 천천히 건강한 방법으로 다이어트를 하면 좋겠다.

그렇다면 여기서 의문은 '건강한 다이어트란 도대체 뭘까?'

이건 모두가 알고 있다. 내가 멋진 몸, 건강한 몸을 갖기 위해 포기해야 하는 것들이 뭔지 누구보다 스스로가 잘 알고 있을 것이다. 하지만 실천하기는 너무 어려울 뿐이다. 정답은 건강한 식단과 꾸준한 운동이다. 시시하고 당연한 답변이라고 생각할 수 있다. 그런데 이게 당연한 거다. 뭘 먹어서 살을 빼는 게 아니라, 안 먹고 살을 빼야 한다. 가만히 있으면서 땀을 빼서 살을 빼는 게 아니라, 내 몸을 움직여서 땀을 흘려서 살을 빼야 한다. 내가 내 몸의 신호에 귀를 기울여야 한다. 시간을 투자해야 한다. 나를 위해 포기할 건 포기하고, 충분한 시간을 투자해야 한다. 내 보호자는 그 누구도 아닌, 나 자신이다. 먹어서 살이 찐 건 나다.

하지만 나를 지켜주고 있던 내 몸이 왜 벌을 받아야
하는지 한 번 생각해 본다면, 그렇게 무리한 다이어트
로 급격한 감량과 증량을 반복하는 일은 피하게 되지
않을까.

부정적인 사람보다는
긍정적인 사람

내 삶에서 지키고 싶은 요소 중 큰 비중을 차지하는 한 가지가 있다. 그건 바로 '긍정적인 사람이 되자'는 것이다. 내 긍정적인 말과 행동으로 다른 사람들을 행복하게 해줬을 때, 그때 난 너무 행복하다. 그때 얻는 에너지들이 모여 나를 만든다.

예전부터 난 '평화주의자'라는 말을 많이 들었었다. 싸움을 별로 좋아하지 않는다. 축구나, 격한 운동을 하다 보면 싸움이 자주 일어나기 마련인데, 난 싸움을 별로 좋아하지 않았다. 하지만 이런 나도 특히나 예민한 부분이 있다. 바로 '말투'이다. 상대방의 말투로 나는 상대방을 판단한다. 어떠한 특정한 걸로 상대방을 판단하면 안 되지만, 예전부터 부정적인 말을 많이 하는 사람 곁에는 별로 가고 싶지 않고, 같이 있으면 힘이 많이 빠졌다. 똑같은 말을 하더라도 부정적으로 하는 사람, 긍정적으로 하는 사람이 나뉜다.

운동하며 겪은 일이다. 체력운동을 할 때, 운동장을 20바퀴 뛰는 훈련을 한 적이 있다. 그 훈련을 하다 보면 숨이 정수리까지 차는 기분이 든다. 너무 힘든 훈련이다. 훈련을 하는데 한 친구가 계속 짜증 내며 힘 빠지는 신음 소리를 내면서 한 바퀴를 돌 때마다 "15바퀴나 남았네." "10바퀴나 남았네." 이런 식으로 분위기를 끌고 갔다. "10바퀴밖에 안 남았어!!!"라고 해도 힘이 날까 말까 한 이 상황에 자꾸 힘 빠지는 소리를 하니, 배로 힘든 기분이 들었다. 그래서 나는 그 친구가 들으라는 듯이 그 친구보다 더 큰 목소리로 "10바퀴만 뛰면 된다!!! 힘내자!!!!" 하면서 소리를 질렀다. 그러자 친구들은 같이 소리를 지르며 파이팅을 외쳐주었다. 그런 부정적인 사람과는 사실 같이 운동을 하고 싶지 않다. 같이 있고 싶은 사람이 되어야 한다.

같은 말을 하더라도, 어떤 억양으로, 어떤 단어 선택을 하느냐에 따라 내 얼굴이 달라 보인다. 좋은 말과 좋은 행동을 하게 되면, 내 주변에는 항상 좋은 사람들이 많을 수밖에 없다. 혹시 자신이 부정적이고, 비난하고, 남을 깎아내리는 말투를 자주 사용한다면, 칭찬하고, 감싸 안아 주고, 긍정적인 말투와 행동을 하려고 노력하면 좋겠다. 그런 내 행동이 상대방에게 좋은 영향을 끼칠 것이고, 상대방에게 끼치는 좋은 영향으로 나도 좋은 사람이 될 수 있을 것이다. 내가 긍정적인 사람일 때, 나 스스로에게 미치는 영향력은 어마무시하다. 그 힘을 꼭 기억하자.

다이어트를 하다 보면, "오늘 망했으니까 그냥 먹자."라는 말을 많이 한다. 나는 이 말에 동의하지 못한다. 오늘 망한 건 없다고 생각한다. 오늘 망했다고 하지 말고 '어떻게 하면 덜 망하는 하루가 될까.'를 생각해야 한다. 오늘 망했다고 "에라 모르겠다!" 하는 게 아니라, 어떻게 해서든 남은 하루를 괜찮은 하루로 보내서 덜 망하는 길로 가야 한다. 내가 80을 먹어 버렸으면, 어차피 망했으니 20을 더 먹어서 100을 채워 버리는 게 아니라, 80이라는 지점에서 멈추고, 운동을 하고, 다시 새로운 마음으로 시작하기 위한 준비를 하는 게 현명하다고 생각한다. 덜 망하면 된다. 어차피 망한 건 없다. 치킨, 피자, 햄버거 다 먹어 버리고, 다음 날은 후회로 가득 차서 극단적으로 굶고, 그러다가 배고프면 또 폭식을 하고... 이렇게 극단적인 식단으로 요요를 겪고, 식이장애를 겪는 사람이 많다. 피자를 먹고 초콜릿까지 먹어 버렸으면, 아이스크림을 먹는 게 아니라, 차 한 잔을 마시면서 반신욕을 한다든지, 운동을 해서 칼로리를 태운다든지, 덜 망하도록 해보자. 이렇게 행동하고 나면, 후회도 덜 하고, 자책도 안 하게 되고, 마음도 개운해질 것이다. 너무 싫은 상황도 조금만 바꿔서 생각하면 괜찮아진다. 최악의 상황보다는 최선의 상황을 생각하며 나를 다독여 주자. 자책하고, 나를 미워하기엔, 나는 너무 귀한 존재이다.

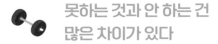

못하는 것과 안 하는 건 많은 차이가 있다

단체생활을 하다 보면 아무래도 많은 사람들과 한 곳에서 지내게 되는데, 그러다 보니 정말 여러 부류의 사람들을 만날 수가 있다. 꿋꿋이 자기만의 길을 걷는 선수, 남과 비교하며 작아지는 선수, 반대로 남과 비교하며 더 열심히 하는 선수, 질투하기에 바빠 제대로 하지도 못하는 선수, 승부욕이 많은 선수, 승부욕이 적은 선수 등등. 본인이 가지고 있는 성향이 모두 달랐다.

나는 주장이었기 때문에 많은 선수들이 고민 상담을 하러 많이 찾아왔다. 그중 한 친구가 이런 말을 했다. "열심히 하는데도, 나는 왜 경기에 들어가지 못할까요. 포기해야 하나 너무 고민이 돼요." 나는 이 친구가 어떤 고민을 갖고 있는지 알고 있었다. 그래서 예의주시하며 일주일간 지켜봐 왔었다.

다같이 단체로 하는 훈련 외에 개인적으로 시간을 내서 나가는 운동을 개인운동이라고 표현한다. 내가 부족한 점이 있고, 보충하고 싶은 게 있거나, 발전하고 싶은 게 있다면 개인훈련을 나가서 운동을 해야 한다. 그 친구는 일주일간 개인운동을 단 한 번밖에 나가지 않았고, 평소에 야식을 자주 먹고, 늦게 자는 등, 좋지 않은 습관들을 갖고 있었다. 이 친구가 상담을 하러 왔을 때, 나는 물어봤다. "어떤 노력을 했는지 말해 줄 수 있을까?" 그 친구는 말했다. "개인운동도 하고, 제 딴에는 나름대로 열심히 노력했는데요." 그래서 나는 이렇게 말했다. "개인훈련을 나가고 싶을 때만 나가고, 노력하고 싶을 때만 하는 게 진정 노력하는 거라고 말할 수 있을까? 자는 시간, 게임 할 시간, 놀 시간을 다 쓰고 노력을 하려고 하니까 다른 사람을 이기지 못하는 거야. 그 시간들을 다 포기하고 너의 발전에 시간을 투자해야지. 그렇게 해 보고 난 후에도 똑같은 고민을 하고 있다면, 그때는 내가 도와줄게."

그 친구는 본인이 하고 싶을 때만 노력을 했다. 그리고 내가 정말 세상에서 제일 열심히 한 사람처럼 억울해한다. 물론 본인만의 사정이 있었을 것이고, 내기준에서는 최선을 다했다고 생각할 수 있다. 마음이 아프지만 평범한 노력으로는 경쟁에서 살아남을 수 없다고 생각했다. 일주일간 지켜보면서 혹시 그 친구가 어떻게 운동해야 하는지, 어떻게 자기 관리를 해야 하는지 방법을 모르고 방황하고 있던 거라면 알려주고, 도와주고 싶었다. 하지만 그 친구는 그게 아니었다. 못하는 게 아니라 안 하는 것이었다. 그리고 남과 비교하며 '쟤는 경기에 들어가는데 왜 나만 못 들어가지.' 그렇게 작아지기만 하고 불평 불만만 늘어 놓고 있었다. 그 친구에게 필요한 건 마음가짐이었다. '내가 안 하고 있구나, 내가 지금 노력하고 있는 게 아니구나.'라는 걸 깨닫는 게 필요했다. 그래서 나는 마음이 아프지만 현실적인 말을 해줄 수밖에 없었다.

운동을 하면서 많이 했던 말 중 하나가 "운도 실력

이다."라는 말이다. 나는 그 말에 동의한다. 그런데 내가 열심히 노력할수록 내 행운의 확률은 높아진다. 우리 삶에는 행운이 따라줘야 한다. 그런데 그 행운이란 것은 가만히 있는 사람에게 찾아오는 것이 아니라, 행운이 오는 길을 만들어 내는 사람에게 가는 것이다. 근육을 만들고 싶으면 가만히 있을 게 아니라, 운동을 통해서 자극을 주고, 근육에 긴장을 주고, 부담을 주면서 근섬유가 찢어지는 과정을 거쳐야만 한다. 근육이 찢어지면 상처가 나고 그 상처가 아물면서 근육이 생긴다. 그 상처에 단백질이나 좋은 영양소로 채워주고 신경을 써주면, 그제서야 근육이 생기고, 멋진 몸을 가질 수 있게 된다. 하지만 그때, 운동을 열심히 했다고 보상심리로 술이나 과자를 먹으면 그 상처에 나쁜 것들을 잔뜩 들이붓는 것과 마찬가지다. 그걸 참아내야 한다. 포기하지 말고 좋은 것들을 줘야 한다. 포기하는 순간 상처에 술을 붓는 행위와 같다. 힘든 건 당연하다. 그 고비를 내가 어떻게 이겨내느냐에 따라 결과는 다를 것이다. 계속 노력하면서 좋은 단백질을 주느냐, 포기를 해서 술을 들이붓느냐, 내 선택과 노력에 따라 다른 결과가 올 것이다.

우리의 삶도 비슷하다고 생각한다. 실패를 겪고 다시 도전하고, 이겨내는 사람에게 결과물이 따라올 것이다. 내 노력의 극한은 내가 정해야 한다. 녹초가 될 정도로 기를 쓰지 않는다면 충분히 노력하는 게 아니다. '이 정도면 됐어'가 아니라, '한 번만 더, 한 걸음만 더, 하나만 더'가 되어야 한다고 생각한다. 적당한 노력이 아니라, 간절한 노력이 필요하다. 내가 어떠한 목표가 있다면, 없는 시간을 쪼개서라도 만들어야 하고, 내가 이루고자 하는 게 있다면, 분명 노력은 필요하다. 성공은 밤 사이에 산타클로스가 주는 크리스마스 선물처럼 짠! 하고 나타나는 게 아니다. 목표를 이루기 위한 수많은 노력과 연습을 통해 천천히 완성되는 것이라고 생각한다.

쉽게 목표를 이룰 생각보다는 조금 어렵고 힘들더라도 내 목적지로 가는 길이 맞다고 생각하면, 그 길을 택하는 게 현명하다고 생각한다. 세상에 공짜는 없다는 말이 있듯이, 목표를 이루고, 내가 꿈을 이루기 위해서는 노력 없이는 불가능하다. 누구와도 비교할 수 없는 나만의 노력을 해야 한다. 그래야 비로소 내가 얻고자 하는 것을 얻을 수 있다. 내가 바쁘다는 이유로, 시간이 없다는 이유로 미루고 있는 게 있다면, 지금 바로 시작해 보는 건 어떨까? 시작이 어렵다지만, 막상 시작하고 나면 괜찮을 거다. 시도조차 하지 않는 건, 간절하지 않다는 것이다. 시작이 반이다. 하고자 하는 마음을 먹었다면, 당장 실천에 옮기자. 그럼 당신은 그 꿈과 목표에 벌써 반이나 도착해 있을 것이다.

인생은 원래
불공평하다

축구라는 운동은 많이 뛰는 종목이기 때문에 내 적정 몸무게에서 조금만 살이 찌고, 몸이 무거워지면 남들도, 나도 쉽게 느낄 수 있는 운동이다. 사실 나는 살이 정말 잘 찌는 체질이다. 같은 여성이라도 유난히 여성호르몬 분비가 많은 체질이 있다. 그게 나다. 나는 이틀만 운동을 안 하게 되면 몸이 바로 처지고, 안 그래도 큰 엉덩이가 더 커지고, 몸이 무거워진다. 그래서 선수 시절 이 체질을 가지고 운동을 한다는 게 쉽지는 않았다.

시합이 끝나고 일주일의 휴가를 받게 되면 나는 하루라도 운동을 쉴 수가 없었다. 하루를 쉬면 누군가 나를 땅에서 잡아당기는 것 같고, 몸은 또 왜 이리 무거운지 쉽게 움직이지가 않았다. 그래서 다음 날 두세 배 더 많이 뛰어야 겨우 원래 몸 상태로 돌아왔다. 휴가 때도 하루에 30분이라도 꼭 운동을 해야 했다. 나는 내가 이런 체질이라는 걸 알고 있었다. 누가 봤을 땐 피지컬이 좋다고 하지만 나에게는 나름대로의 고충이 있었다. 나는 이렇게 매일 운동을 하면서 휴가를 보냈는데, 휴가 기간 내내 아무 운동도 하지 않고, 술만 매일 마시고, 놀고, 밤새고 휴가를 보내고 들어온 친구가 나와 같은 몸 컨디션을 가지고 있을 때, 그때의 허무함은 말로 표현할 수 없다. 처음엔 너무 짜증이 나고 허무했다. 휴가가 끝나고 돌아오면 친구보다 내가 더 잘 뛸 줄 알았다. 나는 매일 운동을 하고 훈련을 대비했으니까. 근데 왜 똑같은 거지. 누가 운동을 나보고 더 하라고 한 것도 아니고, 휴가 때 놀지 말고 운동하라고 한 것도 아닌데, 나는 불평을 늘어놓고, 비관하고 있었다.

어느 날은 정말 아무것도 하기 싫어서 홧김에 맘대로 휴가를 보낸 적이 있었다. 운동도 안 하고, 야식도 계속 먹고, 엉망으로 말이다. 결과는 참담했다. 휴가가 끝나고 나니 몸이 무겁고, 떨어진 컨디션과 몸을 끌어올리는 데는 엄청난 노력과 시간이 필요했다. 그때 엉망진창이었던 휴가를 보내고 난 후에 느꼈다. 결국 다른 사람이 아닌 나 자신을 위해서 관리했던 건데 나는 왜 불공평하다고 원망하고 비관하기만 했을까, 나는 지금 무엇을 위해서 이렇게 엉망으로 지내고 온 걸까, 결국에 이걸 감당하는 것 또한 나인데 왜 그렇게 어리석게 행동했을까. 많은 생각이 들었다. 그리고 나는 '인생은 원래 불공평하다'는 것을 인정하기로 했다. 그러자 마음이 훨씬 편해졌다.

"인생은 원래 공평하지 못하다. 그런 현실에 대하여 불평할 생각하지 말고 받아들여라." 빌게이츠의 명언이다. 나는 이 말에 동의한다. 우리는 태어날 때부터 불공평하게 태어난다. 나는 열심히 운동하고 쟤는 놀아도 똑같은 몸 상태. 누구는 태어났더니 부모님이 기업 회장, 누구는 태어났더니 집안이 빚더미, 누구는 잘생겼고, 누구는 못생겼고... 당연히 모두가 다르게 태어난다. 인생은 공평하지 않다. 이걸 인정하면 편하다. 인정을 하고, 다시 천천히 나를 바라본다. 그러면서 이 상황에서 내가 할 수 있는 건 무엇일까, 냉정하게 생각해 본다. 자기만의 가치를 본인이 만들어 나가야 한다. 어떻게 인정하고 받아들이느냐에 따라 내 삶이 좌지우지된다.

처음에는 눈에 당장 보이는 결과를 받아들이지 못했다. 하지만 자세히 들여다보니 보였다. 내가 그들보다 뛰어난 게 분명히 있었다. 내 노력은 헛된 노력이 아니었다. 매일같이 혼자 30분씩 했던 코어 트레이닝이 최후의 순간에 빛을 발하는 순간도 있었고, 매일같이 했던 아침운동이 시합장에서 빛을 내는 순간들이 있었다. 그렇듯, 나는 나를 위해서 노력하고 있었던 거다. 눈에 보이는 과정에 잠시 흔들릴 순 있지만, 결과는 분명 말해 줄 것이다.

나는 축구를 늦게 시작해서 친구들보다 많이 뒤처져 있었다. 하지만 그런 생각을 자주 했다. 내가 만약 친구들과 똑같은 시기에 축구를 시작했다면, 이렇게 이를 악물고 할 수 있었을까? 내가 만약 어릴 때부터 운동을 시작했다면, 이렇게 독기 품고, 매일같이 새벽마다, 밤마다 운동을 나갈 수 있었을까? 아니, 나는 그냥 안주했을 것이다. 이걸 불공평하다고만 생각하고, 할 수 없다고 비관하며 그저 시간이 흘러가는 대로 지냈다면, 이런 글을 쓸 수도 없을 것이고 더 성장하지도 못했을 것이다. 운동을 늦게 시작한 게, 불공평한 게 아니라 나에게는 좋은 출발점이었던 셈이다. 내가 남들에 비해 늦게 시작한 만큼 그에 따른 열정과 승부욕이 남들보다 더 생기게 된 것이다. 불공평한 것도 있지만, 분명 유리한 부분도 있을 것이다. 그 해답은 나만이 찾을 수 있다. 아무도 그 해답을 찾아 주지 않는다.

같은 상황이 와도 비관하고, 시기하고 질투하고 원망하며 "세상이 불공평하기 때문에 내가 이렇게밖에 못산다."라고 말하는 사람이 있다. 좌절하고 비관하는 사람은 스스로를 깊은 우물로 빠트리는 행동이라고 생각한다. 그런 사람들은 아무것도 가질 수 없다. 인생은 불공평하다는 것을 받아들이고 인정하는 순간 마음이 편해진다. 그리고 내 길을 묵묵히 걸어가자.

내 가치를 스스로가 살리느냐, 못 살리느냐에 따라 성공의 길을 걸을 수 있는지 없는지 결정된다고 생각한다.

운동마다 다른 매력이 있고
우리도 저마다 다른 매력이 있다

많은 사람들이 내 운동 스토리를 들으면서 궁금해했던 부분이 있다. 골프는 정적인 스포츠이고, 축구는 골프와는 반대로 격하고, 동적인 운동인데 어떻게 둘 다 적성에 맞을 수 있었는지. 운동은 종목마다 사용하는 근육도 다르고, 다른 매력을 가지고 있다.

먼저 수영부터 살펴보자면, 수영 역시 여러 영법이 있다. 팔을 돌리고, 어깨를 돌리고 몸통을 돌리고, 다리를 차는 동작들로 나눌 수 있다. 손과 발을 사용해서 물 속을 헤엄치는 운동이다. 대표적으로 팔을 움직이기 위해서 삼두근, 어깨를 돌리기 위해서 삼각근, 광배근, 몸통을 돌리기 위해서 코어, 다리를 차기 위해 대퇴 사두근이 필요하다. 물 속에서 오래도록 숨을 참기 위해서 심폐 지구력도 필요하다. 수영을 할 땐, 내 움직임으로 인해 물속에서 앞으로 나아가는 게 신비롭다. 수영은 기록 싸움이다. 물론 옆 사람과 경쟁해서 이기는 것도 중요하지만, 그러기 위해서는 연습할 때, 내가 보유한 기록을 깨고, 또 갱신하고 또 뛰어넘고, 반복하다 보면 그때 비로소 승리를 할 수 있다.

지금도 가끔은 스트레스 받을 때, 수영장에 가서 아무 생각 없이 계속해서 레일을 돌다 보면, 잠시 스트레스에서 벗어날 수 있다. 그리고 바다에서 수영을 할 땐, 내가 자연속에서 이런 움직임을 할 수 있다는 게 힐링 그 자체이다. 파란 물속에 들어가서 과학적인 움직임을 하는 아주 매력적인 스포츠이다.

골프를 칠 때, 일정하고 정확한 방향성과, 비거리가 많이 난다면, 그보다 좋은 장점이 있을 수 없다고 생각한다. 그러기 위해선 꾸준한 연습과 더불어 필요한 근육들이 있는데, 수영과는 다른 근육들이 필요하다.

골프는 팔 힘보다는 허리 힘이 중요하다. 코어가 강해야 한다. 허리와 허벅지를 균일하게 잘 사용하기 위해서 엉덩이 근육을 강화시켜 줘야 한다. 엉덩이 근육을 강화시켜 주면, 밸런스도 좋아진다. 파워풀한 임팩트를 위해서 광배근, 대흉근도 강화시켜 주면 좋다. 골프를 칠 때는 내가 기다란 채를 휘둘러서 주먹보다 작은 공을 몇백 미터를 날려 버린다. 저 넓은 잔디로 내가 친 공이 바람을 가르며 날아갈 때, 난 스트레스가 풀린다. 물론 섬세한 운동이니만큼 그만한 스트레스도 많다. 골프는 작은 홀컵 안으로 공을 집어넣으면 끝나는 스포츠이다. 내 움직임의 작은 변화로 공의 구질이 변한다. 조금만 잘못 치면 공이 물에 빠지고, 밖으로 나가 버린다. 정말 예민하고, 섬세한 스포츠이다. 힘과 섬세함, 강한 멘탈을 모두 겸비한 선수가 훌륭한 선수가 될 수 있다. 멘탈이 90%를 차지하는 운동이 아닐까, 라는 생각을 한다. 물론 기량도 중요하다. 하지만, 대회에 나갔을 땐, 그날 누가 최고의 컨디션으로 단단한 멘탈을 가지고 나왔느냐에 따라 순위가 결정된다. 프로 선수들은 비슷한 기량을 가지고 있다. 멘탈 싸움이다. 누가 다른 선수의 경기력에 흔들리지 않고, 내 페이스대로 경기력을 유지해서 마지막 라운드까지 경기를 끌고 가느냐에 따라 그 대회의 순위가 가려진다. 기다란 채를 휘둘러 내 스윙으로 작은 공을 넓은 잔디로 보내고, 작은 홀컵으로 넣었을 때의 희열은 말로 표현할 수 없다. 정말 매력적인 스포츠이다.

축구는 순간적인 스피드와 강한 체력이 필요한 운동이다. 축구공을 차서 상대방의 골대에 골을 많이 넣은 팀이 이기는 스포츠인 만큼 공을 잘 차야 한다. 킥이나 슈팅에 강한 힘을 내고, 달리기 및 점프를 잘하기 위해 허벅지 앞쪽, 대퇴 사두근을 강화시켜 줘야 한다. 순간적인 스피드를 내고, 방향 전환과 브레이크 역할을 위해 허벅지 뒤쪽인 햄스트링, 종아리도 강화시켜 줘야 한다. 또, 부상을 방지하기 위해서는 발목을 강화시켜 줘야 한다. 강한 몸싸움을 위해 상체운동도 빼놓을 수 없다. 90분이라는 시간 동안 파워풀한 움직임을 해야 하기 때문에 지치지 않는 체력이 필요한 만큼 많은 훈련량이 필요하다. 공 하나에 22명의 선수들의 움직임이 달라지는 스포츠이다. 내가 찬 공에 의해 모든 선수의 움직임이 달라지고, 팀원과 만들어 내는 멋진 장면 장면들이 매력적인 스포츠이다.

앞서 말했듯이 수영과 골프는 개인운동이다. 내 기록에 따라 승패가 좌우된다. 나만 잘하면 되는 스포츠이다. 누구와의 몸싸움도 없는, 레일 안에서 나 자신과 겨루는 싸움, 넓은 잔디에서 벌이는 나 혼자만의 싸움이다. 누구 탓도 할 수 없고, 나 혼자서 이겨내야 한다. 경기에서 실수를 해도 나에게서 문제점을 찾아야 한다. 그만큼 외롭고, 혼자만의 싸움이 필요하다.

그와 반대로 축구는 단체운동이다. 격한 몸싸움과 볼다툼이 일어난다. 나 혼자서만 잘한다고 이길 수 있는 경기가 아니다. 팀워크가 필요한 스포츠이니만큼 반복적인 팀 훈련도 필요하다. 팀원이 아무리 좋은 패스를 줘도 내가 골을 넣지 못하면 승리하지 못한다. 또, 내가 아무리 잘해서 골을 많이 넣어도, 우리 팀원이 골을 막지 못하면 승리하지 못한다. 내가 아무리 잘 막아도 우리 팀원이 골을 넣지 못하면 승리하지 못한다. 슬퍼도 같이 슬프고, 기뻐도 같이 기쁘다. 팀워크가 필요한 스포츠이니만큼 외롭지 않다. 그러면 안 되지만 가끔은 잘 안 풀려서 너무 자책을 하게 될 때는 누군가를 탓하며 정신 승리도 할 수 있다.

내가 지금 하고 있는 홈트레이닝은 비가 오나, 눈이 오나 언제 어디서든 내 몸만 있으면 할 수 있는 운동이다. 홈트의 세계는 알수록 매력적이다. 어디를 가지 않고도 내가 원하는 운동을 할 수 있다. 요즘에는 유튜브나, 온라인 수업이 잘 되어 있어서 돈을 내지 않고도 무료로 운동을 배울 수 있다.

이렇게 내가 경험해 본 운동들은 각자의 매력이 있다. 사용되는 근육, 필요한 근육이 각기 다르고 가지고 있는 매력도 다 다르다. 밖에 나가서 운동을 하는 걸 좋아하는 사람이라면 홈트가 맞지 않을 수도 있다. 누군가는 이건 재미없고, 이건 재밌던데? 할 수 있지만, 분명 그 재미없는 것에도 장점과 매력은 있다.

우리의 인생도 마찬가지라고 생각한다. 각자의 삶이 다 다르고, 분명 강점이 있고, 매력은 있다. 내 인생이 의미 없고, 재미없다고 말하는 사람들이 있다. 어떤 사람은 내 존재 자체를 부정하고, 힘든 삶을 살아간다. 그럴 수 있다. 그렇게 생각할 수 있다. 하지만 그 인생 안에도 즐거움이 있을 것이다. 내 인생의 강점은 내가 발굴해 내고, 내가 내 인생의 강점이 '이것'이라고 하면 그게 강점인 것이다. '나는 내 인생에서 이게 매력적이야.'라고 한다면 그게 내 인생의 매력이 되는 것이다.

누군가는 축구에서 패스플레이가 매력이라고 할 수도 있고, 누군가는 멀리 날아가는 킥플레이가 매력이라고 할 수도 있다. 내가 느끼는 매력을 누가 아니다,라고 말할 순 없다.

오늘은 내 인생에서 느껴지는 매력은 과연 무엇인지 생각해 보면 좋겠다. 그 매력을 강점으로 만들어서 멋진 삶을 살았으면 좋겠다. 내가 멋진 삶을 살며 시간을 보낼지, 그냥 흘러가는 대로 시간을 보낼지는 지금 결정하자. 미루지 말고 지금 내 인생의 매력을 찾아서 종이에 적어 잘 보이는 곳에 붙여 두자. 그리고 매일 보자. 그 강점을 잊지 말자. 당신은 너무도 매력적인 사람이다.

같은 여름,
다른 느낌

여름과 겨울, 더위와 추위. 이 중 어떤 게 더 힘드냐고 묻는다면 나는 1초의 망설임도 없이 더위라고 대답한다. 골프선수를 할 때도, 축구선수를 할 때도 항상 햇볕과 싸워 왔다. 골프를 할 때는 겨울이 되면 몇 개월 동안 따뜻한 해외로 전지훈련을 다녀온다. 축구를 할 때는 겨울에 따뜻한 지방이나 제주도로 전지훈련을 간다. 그럼에도 나는 더위가 싫다.

여름에 있었던 에피소드만 해도 몇 장을 빼곡하게 적을 수 있을 정도로 별다른 일이 많았다. 아직도 습한 여름 냄새를 맡으면 그때의 훈련들이 떠오른다. 운동준비를 하고 밖으로 나섰을 때, 코를 턱 막아버리는 습함과 온몸을 휘감는 아지랑이들, 내 미래를 예고하듯 환하게 웃고 있는 햇님들이 한 번씩 생각난다.

우선 지금 가장 먼저 생각나는 건, 사실 아직도 이해가 가지 않는 훈련이다. 나는 어떤 훈련을 하게 되면 최대한 그 훈련이 나에게 도움이 되겠거니 하면서 힘듦을 참아내고, 이겨내면서 했었는데, 그 훈련은 내 몸을 혹사시키는 것 말고 도움이 되는 훈련은 아니었다고 생각한다.

일명 물 참기 훈련. 이 훈련은 쨍쨍한 햇볕 아래에서 고강도의 체력훈련을 한다. 땡볕에서 훈련을 계속하면, 입이 마르고 목도 많이 마르다. 하지만 그날의 훈련은 목마름을 참아야 했다. 그 훈련을 하는 이유는 경기장에서 정말 목마를 때, 이겨내기 위해서라고 했었다. 하지만 그 훈련을 하고 선수들 모두가 몸이 너무 안 좋아졌고, 부작용만 생겼었다. 심지어 공복에 했던 훈련이었어서 위액을 토해 내는 선수들도 있었다. 체력훈련을 하는데 모두가 정해진 시간 내에 들어와야 끝나는 훈련이었다. 사실상 끝낼 수 없는 훈련이라고 볼 수 있다. 그렇게 우리 중 반 이상이 기어 다닐 정도로 혹독한 훈련을 마친 후에야 그날 일정이 끝나는 것이었다.

그리고 또 기억 나는 훈련은 '만리장성', '천국의 계단'이라는 훈련이다. 내가 다닌 학교에는 어마어마하게 긴 계단이 꼭 있었다. 그 계단이 도대체 왜 있는 건지, 볼 때마다 항상 원망스러웠다. 훈련을 하는 데 그 계단을 이용하지 않을 리가 없다! 그 계단을 여러 방법으로 오르락내리락하는 게 훈련이었다. 이 훈련을 한여름에 하게 되면, 어느 순간 계단 한 칸이 3개로 보인다. 그래서 순간적으로 집중력을 잃으면 넘어져서 무릎, 팔꿈치, 얼굴 등에 피가 나는 선수들도 있었다.

축구는 90분 동안 경기장에서 경기를 진행하는 스포츠이다. 7~8월에 하는 대회는 생각만 해도 숨이 턱 막힌다. 전반전이 끝나면 얼음물에 적신 수건을 정수리에 올리고 다시 얼음물에 수건을 적셔서 팔 다리를 닦아낸 뒤 다시 경기장에 들어간다. 온몸에 체온을 내리는 행위이다. 그렇게 하고 나면 몸이 훨씬 가벼워진

다. 그리고 너무 심하게 더운 날에는 '워터브레이크'
라는 게 주어진다. 원래는 전반전 45분이 지나고 나서
휴식시간이 주어지는데, 선수들이 중간에 한 번 더 물
을 마실 수 있도록 시간을 주는 것이다. 그러면 선수
들은 벤치로 와서 물을 마시고 다시 경기장에 투입된
다. 그때의 워터브레이크가 선수들에겐 오아시스와
같다.

　우리 아빠는 내가 축구 하는 걸 반대하셨었다. 위
험한 운동이기도 하고, 햇볕이 쨍쨍한 더운 운동장에
서 살이 다 타면서까지 뛰어다니는 딸을 보는 것도 싫
어하셨고, 다쳐서 수술을 할 때도 있다는 게 너무 속
상하셨던 것 같다. 그래서 아빠는 내가 축구를 시작하
고 10년이 넘었을 때도 한결같이 언제든 그만둬도 된
다는 말씀을 하셨다. 내가 하루빨리 운동을 그만 두고
대학원을 준비하길 바라셨다. 그래서 나는 더더욱 오
기가 생겼고 단 한 번도 부모님께 힘들어서 운동을 그
만두고 싶다는 투정을 한 적이 없다. 그러다가는 정말
로 그만두게 되어 버릴까 봐.
　여름이 되면 아빠가 항상 놀리듯 하시던 말씀이 있

다. "예진아, 덥지? 햇볕 쨍쨍한 운동장에서 운동할래, 시원한 에어컨 나오는 강의실에서 책 보고 공부할래?" 나는 그때마다 어이없어서 헛웃음이 나왔다. 아빠 마음이 뭔지 알 것 같으면서도 얄밉기도 하고 그랬다.

그리고 정말 운동을 그만두고 첫 여름이 되었다. 지금 레슨을 진행하는 곳은 실내이다. 에어컨을 틀고 시원한 곳에서 운동을 한다. 밖은 덥지만 내가 있는 곳은 시원하다. 처음에는 아빠 말이 생각나기도 하면서 '아, 이게 진짜 천국인가?'라는 생각을 할 정도로 적응이 되지 않았다.

여름이 되어도 시원한 곳에서 운동을 한 지 5년째가 되었다. 아직도 뜨거운 햇볕 아래 있으면, 그때의 기억들이 한 번씩 떠오르기도 한다. 너무 더워서 짜증이 나려고 하면 그때를 회상한다. 그럼 바로 기분이 좋아진다. 지금은 내가 너무 행복한 환경이고, 이 정도 더위는 더위도 아니다. 잠깐 지나가면 된다,라는 생각이 든다. 그리고 예전에는 6월만 돼도 두려웠던 여름이 이제는 조금 설레기도 한다. 예전에는 물놀이, 바닷가 이런 걸 생각해도 여름이 전혀 설레지가 않았다. 하지만 이제는 조금 변한 것 같다. 여름이 다가오면 물놀이 갈 생각에, 바다에 뛰어들 생각에 웃음이 지어진다. 그때 내가 여름을 잘 이겨내는 현명한 방법을 알았더라면 덜 두려웠을까 싶다. 지금 생각해 보면, 어차피 다가올 여름인데 미리 두려워하지 말걸 그랬다. 그 두려움 때문에 운동 나가기 전부터 숨이 막혔고, 더위를 마주할 생각에 겁부터 났기 때문이다.

그때의 나에게 말해주고 싶다. 어차피 마주해야 할 여름이라면 겁내지 말라고. 몇 년 뒤의 너는 여름을 더 이상 두려워하지 않는 사람이 되어 있다고. 지금 생각해 보면 그게 뭐라고 피식 웃음이 나는데, 그때는 여름에 운동 나갈 때만 되면 뭐가 그렇게 두려웠는지 모르겠다. 지나고 보니 별일 아닌데 말이다. 이런 걸 생각하면, 내가 두려워하고 무서워하고 고민하는 것들이, 지나고 보니까 생각보다 엄청 큰 일은 아니었다는 걸 알게 된다. 그러니까 지금도 내가 처한 어려움 앞에 너무 두려워하지 말고, 너무 고민하고 애쓰지 말자. 해결되지 않는 걸 걱정한다고 해서 다 잊혀지는 것이 아니고, 무작정 노력한다고 해도 성공하지 못할 수도 있다. 내가 아무리 더워서 나가기 싫다고, 못하겠다고 어떻게 또 더위를 이겨내지, 생각해도 어차피 마주할 일이었다.

조금만 마음을 바꿔서 날씨에 대한 생각, 고민 하나도 하지 않고, 그냥 노래 흥얼거리며 운동을 다녀왔다면, 어쩌면 그 불안함과 두려움은 반이 됐을지도 모른다. 지금 고민거리가 있다면 노래 한 곡 지나가듯 오늘만큼은 그 고민을 내려놓고 흘려 보내 보자. 그리고 또 그 노래가 흘러나오면, 그때 다시 고민해 보는 걸로 하자. 오늘만큼은 흘려 보내자.

무례함에 반응하지 말자

대학교에 다닐 때 일이다. 나는 선수 생활을 하면서 대학원을 준비하고 있었기 때문에 학교 성적도 중요했다. 운동도 중요하지만 공부에도 집중을 해야 했다. 새벽에 아침 운동을 하고, 오전에 학교를 가고, 학교가 끝나면 오후 운동을 하고, 야간 운동을 하고, 밤에는 공부를 하다가 잠이 들고, 쉽지는 않았지만 그때의 나에게는 필요한 과정이었다.

나는 학교 성적이 4.5점 만점에 4.2~4.4 정도의 학점을 받으며 학교생활을 열심히 했다. 학교 성적은 상대평가인 경우가 많다. 모두가 A+를 받을 순 없기에 서로 암묵적인 경쟁 상대가 될 수밖에 없다. 보통 운동부는 공부에 관심이 없다. 그래서 운동부와 같은 수업을 듣게 되면 좋아하는 학생들이 있었다. 운동부가 낮은 성적을 떡하니 차지해 주니, 상위권의 성적을 받을 확률이 높아지기 때문이다.

어느 날이었다. 내가 A+를 받은 과목이 있었다. 이 과목은 엄청난 암기과목이었다. 생각보다 내가 암기에 약해서 나는 정말 시험 전날에 1시간밖에 못 자고 시험을 보러 갔던 기억이 난다. 그래서 그날 오후 운동을 할 때 너무 피곤하고 몸이 무거웠다. 그 정도로 시험기간은 몸도 마음도 너무 힘든 시즌이었다.

그러던 중, 내 친구가 와서 물었다 "예진아, 너 혹시 ㅇㅇㅇ 교수님이랑 친해?" 아니라고 대답했더니 그 친구가 말하길, 어떤 한 친구가 이상한 소문을 내고 다닌다고 했다. 내가 그 교수님한테 따로 여러 번 놀러 가고, 식사도 같이 하고, 연락도 자주 드리는 것 같다는 말이었다. 나는 그 교수님을 사적으로 만난 적도, 따로 연락을 드려 본 적도 없다. 심지어 휴대폰 번

호도 몰랐고, 그 교수님 수업은 처음 들은 것이었다. 그래서 나는 그 친구가 왜 그런 소문을 내고 다니는지 의문이 들었었다. 나중에 알고 보니 그 친구가 성적이 나쁘지 않은 친구였는데 A를 받았다고 한다. 한 명 차이로 본인이 A를 받았는데, 그 위의 성적인 A+ 무리에 운동부인 내가 있으니 근거 없이 그런 의심을 하면서 사실도 아닌 걸 말하고 다녔던 것이다.

나는 그 친구에게 왜 그랬는지 따지지도, 이유를 물어보지도, 화를 내지도 않았다. 그러기엔 내 시간이 너무 아까웠고 그런 일은 내 에너지를 투자할 만한 가치가 없다고 생각했다. 기분이 나쁘긴 했지만, 소문들에 하나하나 해명하고 다니는 건 너무 힘 빠지고 의미 없는 일이다. 정말 내 사람이라면, 그 소문을 같이 속닥거리는 게 아니라, 나에게 와서 물어봐 준다. 정말 그 소문이 사실인지, 그 말이 사실인지. 당사자인 나에게 물어봐 준다. 그럼 그때 말하면 된다. 용기 내서 당사자에게 직접 물어봐 주는 그런 사람이 진정한 날 위해 주는 사람이다. 그건 사실이 아니라고. 그 말을 듣고 속닥거리는 모두에게 하나하나 찾아가서 해명

할 필요가 없다.

　나를 잘 모르는 사람들의 무례한 행동에 굳이 신경 쓰지 말자. 그런 사람들, 그런 말들에 상처받기에는 우리 모두가 너무 소중하고, 귀한 존재이다. 누가 내 욕을 하고, 이상한 소문을 퍼뜨리고 다니는 거 신경 쓸 필요가 없다. 본인 인생이 지루하고, 작아지고, 비교하게 되기 때문에 남 이야기로 여기저기서 속닥거리는 것이다. 그래서 남에게 상처 주는 줄도 모르고 생각 없이 떠오르는 대로 말을 뱉는 거지만, 정작 그들은 그랬다는 사실도 잊어버린다. 내 마음엔 비수로 꽂힐지 몰라도, 그 말을 뱉은 사람은 기억조차 못할 만큼 시시한 일일 뿐이니 그런 일들에 마음을 다칠 필요도 없고, 그런 말들에 나 자신이 작아질 필요도 없다.

　나는 항상 이 말을 새기며 살려고 노력한다. 모든 사람이 나를 좋아할 수는 없다. 미움 받는 것을 두려워하지 말자. 정말 살면서 중요한 말이니만큼 책들도 많이 나오고 짤도 돌아다니고, 많은 사람들이 그렇게 살아가고 싶어 하고, 대부분의 사람이 원하는 삶, 원하는 가치관이라고 생각한다.

정말 우리 그렇게 살아보자. 이런 마음으로 살아보자. 모든 사람이 나를 좋아하는 게 이상한 거다. 누군가에게는 미움을 받고 있는 게 당연한 거다. 미움 받는 거, 그거 하나도 안 무섭다. 내가 잘나서 그렇다.

강박과 루틴은
한끗 차이

루틴은 이상적인 상태를 유지하기 위해 스스로 규칙을 정해서 실천하는 자신과의 약속을 말한다. 누구나 가벼운 루틴이라도 하나쯤은 가지고 있을 거라고 생각한다. 예를 들면, 아침에 일어나면 물을 한 잔 마신다든지, 자고 일어나면 이불 정리를 꼭 한다든지, 출근하면 커피를 한 잔 마신다든지.

나 같은 경우에 경기장에 들어가기 전, 무릎 올려서 하는 점프를 다섯 번을 하고 들어가는 루틴이 있었다. 운동선수들은 대회를 하면서 각자 자기만의 루틴을 가지고 있는 경우가 많다. 그 루틴이 심리적인 안정이 되고, 긴장도 풀리고, 스스로에게 거는 주문 같은 것이기 때문이다.

경기 전 운동선수들의 루틴도 많이 알려져 있지만, 생활패턴에서도 나만의 루틴을 많이 만들 수가 있다. 하지만 이 루틴을 어떻게 어떤 것들로 설정하느냐에 따라 효과는 천차만별이다.

내가 예전에 가지고 있었던 루틴 몇 가지만 말하자면 아침에 일어나면 스트레칭과 러닝 한 시간 하기, 근력운동 한 시간은 무조건 하기, 자기 전에 L자 다리 10분 하기, 18시 이후에 물 외에 아무것도 먹지 않기 등등 이런 식으로 하루 동안 지켜야 할 것들을 스스로 많이 만들어 놓았다.

강박은 어떤 생각이나 감정에 사로잡혀 심리적으로 심하게 압박을 느끼면서 스스로를 의지박약이라 생각하고 자책을 하게 되는 것을 말한다. 루틴과 강박은 한끗 차이라고 생각한다. 우리는 강박이 아니라 루틴을 만들어야 한다.

나는 예전부터 나만의 루틴을 많이 갖고 있었다. 그

래야 게을러지지 않을 수 있었다. 하지만 처음에는 나도 루틴을 잘 실천하지 못했고, 심리적 압박을 이기지 못해 루틴이 강박으로 변해 버렸을 때가 있다. 처음엔 무식할 정도로 루틴을 지켜내려고 했다. 그리고 지키지 못하면 자책하고, 스스로를 비난했다. 그러다 보니 금방 지치게 됐다. 내가 혹시나 지키지 않게 될까 봐 스스로 주문도 많이 걸었다. '이걸 다 지키지 못하면 다음엔 두 배로 힘들게 될 거야.'라든지 이것들을 지키지 않으면 안 좋은 일이 일어날 것만 같은 식으로 룰을 만들었다. 물론 도움이 된 부분도 있었다. 하지만 이런 식의 강박은 나를 괴롭히는 강박들이었다. 이런 식으로라면 금방 지치기 마련이다. 나 역시도 금방 지쳤다.

여러 번의 시행착오를 겪고 나니 노하우가 생겼다. 그 노하우를 독자들에게 알려주고 싶다.

루틴 한두 개쯤 가지고 있는 건 나쁘지 않다고 생각한다. 루틴에도 어느 정도 타협이 필요하다. 하지만, 포기하고 놓아 버리는 건 안 된다. 우선 내가 루틴과 친해지게 된 방법을 적어 보자면, 완벽을 향한 것을 내려놓았다. 지키지 못하면 안 좋은 일이 생긴다는 강박부터 내려놓았다. 그래서 어쩔 수 없는 상황이 발생했을 때, 아예 그 루틴을 지키지 않는 게 아니라, 다른 방법으로 변형해서 루틴을 지켜냈다. 예를 들어, 매일 운동장에서 만보 걷기를 하는 루틴을 정했는데, 비가 오거나 전혀 할 수 없는 상황이라면, 집에서 가벼운 운동으로 대체할 수 있도록 하는 것이다. 비가 오네? 그럼 오늘 루틴은 실패!가 아니라, 비가 오니까 오늘은 다른 방법으로 대체!가 돼야 하는 것이다. 루틴이 뭐가 필요해?라고 물어본다면 기본적으로 루틴이라는 건 내가 정한 목표로 갈 수 있는 보조 수단이라고 생각하면 이해가 쉽다. 운동선수의 루틴은 승리라는 목표를 위해 가지고 있는 보조 수단인 거고, 의사들의 루틴은 성공적인 수술이라는 목표를 위한 보조 수단인 것이어야 한다.

살면서 한두 개쯤 루틴이 있는 건 많은 도움이 될 거라고 생각한다. 루틴을 갑자기 정하려고 하면, 너무 막연하고, 말도 안 되는 루틴들을 생각하게 될 수도 있다. 그래서 내가 생각하는 효과적인 루틴을 만드는 방법을 간단하게 소개해 보려고 한다.

루틴을 만들고 싶다면, 우선 내가 나도 모르게 가지고 있는 루틴이 있는지 생각해 보고 정리해 본다. 나도 모르게 가지고 있는 루틴이 있을지도 모른다. 예를 들면 아침에 일어나면 이불을 정리하고 기지개를 켠다든지, 매일 출근 전 어느 카페에 들어가서 커피를 사서 출근한다든지 등등. 새로운 마음으로 루틴을 정해 보기 전에, 내 일상을 처음부터 끝까지 한 번 되짚어 보면 좋다. 하루뿐 아니라, 일주일 동안 내 일상을 기록해 보고, 루틴을 찾아보는 것도 좋은 방법이라고 생각한다. 그렇게 일주일 동안 기록을 해보면, 내가 반복적으로 하는 행동들이 있을 것이다. 그 행동들을 적어 둔다. 없어도 괜찮다. 지금부터 따라오면 된다.

우선 본격적으로 루틴을 만들기 전, 목표를 설정해야 한다. 우리 뇌의 전두엽 외측에는 기획 센터가 있다. 여기를 활성화하려면 목표가 구체적으로 있어야 한다고 한다. 5,000억 개의 뇌세포는 목표!라는 명령이 없으면 움직이기 어렵다고 한다. '목표가 없으면 뇌는 죽은 거나 마찬가지'라는 말도 있다.

우리 삶에서 목표는 그만큼 중요하다. 처음부터 큰

목표를 세운다면 달성하기까지 오래 걸리기 때문에 그만큼 빨리 지칠 수 있다. 그렇기 때문에 금방 달성할 수 있는 쉬운 단기 목표로 설정한다. 예를 들어 '한 달 동안 2kg 빼기' 같은 단기 목표를 설정한다. 달성하기 어려운 목표는 장기 목표로 설정한다. 루틴을 유지해 가면서 중요한 건 나에게도 잘했다고 칭찬해 주는 시간이 필요하다는 것. 단기 목표를 달성할 때마다 자신에게 상을 준다. 예를 들어, 평소에 갖고 싶었던 걸 단기 목표를 달성할 때 산다든지, 먹고 싶었던 걸 먹는다든지, 가고 싶었던 곳에 간다든지! 열심히 해낸 나에게 상을 주자. 상이 무엇이든 상관없다.

루틴은 내 목표를 이루는 데에 중요한 부분을 차지하는 뼈대라고 생각한다. 건물을 세우려면, 속에 뼈대가 튼튼해야 하는 것처럼 내 루틴도 내가 목표를 이루기 위해서 세워지는 뼈대라고 생각해 보자.

자, 그럼 목표를 설정하고, 아까 적어 두었던 내 생활 습관들을 보고 그 목표들 중 뼈대가 되지 못할 것 같은 루틴들은 제외한다. 예를 들어, 내 목표가 한 달에 2kg 빼기인데, 생활 습관에 매일 점심에 라떼 마시기, 퇴근 후 술 마시기 이런 게 있다면 그것은 내 삶을 일으킬 좋은 뼈대라고 볼 수 없다. 그런 습관들은 과감하게 제외시킨다. 그리고 그 습관들 중 내 목표의 좋은 뼈대가 될 만한 게 있는지 찾아 본다. 예를 들어 퇴근 후 버스를 타고 귀가하는 게 아니라 걸어서 간다든지, 아침에 일어나면 양치를 하고 물 한 잔을 마신다든지! 이런 생활 습관은 목표 설정에 좋은 뼈대가 될 만한 것들이니 남겨 둔다.

그리고 내가 단기 목표를 이루기 위해서 매일 해야 할 것을 설정한다. 한 개만 있어도 된다. 너무 많아지면 버거워지고, 부담이 되고, 강박이 될 수 있다. 내가 정말 지킬 수 있는 것부터 차차 시작한다. 나처럼 매일 루틴을 전부 지키겠다는 강박으로 시작하지 않았으면 좋겠다. 하루 실패했다고 해서 지금까지 내가 해 왔던 게 물거품이 되지 않는다.

루틴의 효과를 얻기 위해서는 좋은 루틴을 만드는 것도 중요하지만, 적절한 방식으로 지키려는 노력이 필요하다. 너무 많은 루틴을 만들어서 이것 때문에 일상생활에 지장이 가지는 않는지 생각하고, 그 루틴이 지켜

지지 않을 수도 있음을 항상 생각하고 있어야 한다.

그리고 중요한 건 목표 의식이 불분명하면 루틴이 강박이 될 수 있다. 내가 어떤 걸 이루고자 하는지 정확하게 모르는데 루틴만 정해 놓고 지키려 한다면, 탄탄한 완성물이 될 수 없다. 그렇기 때문에 확실한 목표 설정으로 뼈대를 탄탄하게 만들어서 목표 달성이라는 완성물을 만났으면 좋겠다.

목표 의식을 분명하게 잡자. 그리고 내 루틴을 만들자. 루틴과 친구가 된다면, 내 목표에 한 걸음 더 가까워지게 될 것이다. 우리는 모두 무엇이든 할 수 있는 무한한 잠재력을 갖고 태어났다.

도전 ————————

운동을 통한
새로운 삶

나를 응원해 주고 있는 사람,
나를 지지해 주는 사람,
따뜻한 말들을 한 번만 더 생각해 보자.
내가 힘을 내야 할 이유가 충분하다.

제2막의 인생

나의 제2의 인생 시작은 운동을 그만두고 시작되었다. 나는 초등학교를 들어가기 전부터 대학을 졸업할 때까지 운동선수의 삶을 살았다. 평생을 함께 했던 운동을 그만둔다는 건, 언젠가 일어날 일이라는 걸 알았지만, 막상 그때가 오니 처음엔 너무 어색했다.

매일 새벽부터 운동을 나가고, 하루라도 운동을 하지 않은 날이 없고, 쉬고 싶어도 무조건적으로 운동을 해야 하고 누군가와 경쟁해서 이겨야 하는 그런 삶을 살았었는데. 그런 삶에서 누가 운동을 시키지도, 강요하지도 않는 일상에 적응하는 것이 쉽지 않았다. 내 삶의 전부였던 걸 그만둔다는 건 정말 큰 결정이었고, 끝이 아닌, 제2의 삶을 시작한다는 뜻이기도 했다.

같이 축구를 했던 동료들은 내가 선수 생활을 가장 오래 할 것 같다고 예측했었다. 그만큼 나는 축구에 대한 사랑과 열정이 있었다. 한치 앞도 모르는 게 사람 일이다. 모두의 예상을 뒤엎고, 난 대학교를 끝으로 선수 생활을 마쳤다.

지금도 스스로에게 한 번씩 물어본다. 좋아하는 축구를 그만둔 걸 후회하지 않냐고. 나는 후회하지 않는다. 왜냐하면 내 노력에 후회가 없기 때문이다. 은퇴를 하고 새로운 삶을 시작한다는 건 설레는 일이기도 하지만, 처음에 물론 걱정도 있었다. 가장 중요한 건 이 선택을 한 나를 믿고, 그 선택을 믿는 것이다. 그리고 새로운 시작 앞에 당당히 서면 된다. 하나씩 차근차근히 계단을 올라가 보자.

은퇴를 준비하거나, 새로운 시작을 앞두고 있는데 너무 불안하고, 막연하다면 새로운 시작에 펼쳐질 일들에 대한 불확실함으로 드는 두려운 마음일 것이다.

그런 마음이 들 때는 처음부터 너무 대단하고, 막연한 일을 도전하기보다는, 작은 계단부터 밟고 올라가는 걸 추천한다. 그렇지 않으면 더 막연하고, 끝이 보이지 않고, 오르지 못할 곳이라는 느낌이 들 수 있다. 작은 목표 달성이 모여 큰 성과를 이뤄낸다. 고작? 이라고 생각할 수 있지만, 겨우 그거? 라고 생각했던 것들이 모여, 성공한 내가 되어 있을 것이다. 우리는 지금 '겨우 그것'을 이루기 위해서 열심히 달리고 있어야 한다.

많은 사람이 관심 있는 다이어트를 빗대어 말해 보자면, 다이어트를 할 때도 인생과 마찬가지로 목표를 세워야 한다. 나는 다이어트 목표를 잡을 때, 큰 목표만 잡기보다는, 1일, 1주일, 한 달, 1년, 최종 목표 이렇게 단계를 나눠서 목표를 잡으라고 추천한다. 큰 목표만 보고 열심히 달리다 보면, 어느 날, 너무 막연하게 느껴질 때가 있고, 도착은 할 수 있으려나, 하는 마음에 포기하기도 쉽다. 다이어트도 작은 목표들을 하나씩 이뤄 나갈 때, 성공에 한 걸음 더 가까워진다. 여기서 중요한 건, 목표를 이뤄 나가는 나를 인정해 주고,

칭찬해 주는 게 중요하다. 확실한 동기 부여가 될 것이다. 목표를 세울 때도, 내가 지킬 수 있는 목표들로 세우는 걸 추천한다. 감량 체중은 한 달에 2kg이 적당하다고 생각한다. 이렇게 말하면 겨우? 라고 생각하는 사람들이 많다. 물론 작은 숫자라고 생각할 수 있다. 하지만 이게 1년이 모이면 24kg 감량이다. 어마어마한 감량인 셈이다. 체중을 이렇게 감량한 사람들은 요요가 잘 오지 않는다. 이렇게 1년에 24kg을 뺄 수 있는데, 우리는 보통 단기간에 빼는 숫자에만 집중하면서 무리한 다이어트를 하고 있고, 이것을 몇 년에 걸쳐 하고 있는 것이다. 다이어트를 몇 년 동안 하면서 요요가 오고, 다시 도전하고를 반복한다. 이럴 때 내 몸은 소리친다. 너무 힘들다고. 살려 달라고.

인생도 마찬가지다. 너무 도달하기 힘든 목표만 두고 달린다면 금방 지쳐서 포기하고, 무너지기를 반복하게 될 것이다. 그러다 번 아웃 현상이 일어나고, 그럴수록 몸은 지쳐간다. 너무 욕심내지 말고, 내가 이룰 수 있는 것부터 하나씩 천천히 이뤄 나가자. 오늘은 이번 달에 이루고 싶은 목표를 하나만 정해 보자.

그리고 내일은 이번 주에 이뤄 볼 목표를 하나 정해 보자. 그리고 내일 모레는 아침에 일어나서 오늘 하루 이뤄 낼 목표를 정해 보자. 그리고 이번 한 달, 꼭 그 목표를 이뤄 보자. 그리고 스스로 칭찬해 주자. 시작을 두려워하지 말자. 무리한 시작보다 한 걸음씩 나에게 맞는 속도로 걸어가다 보면 내 인생은 한 단계 더 성장해 있을 것이고, 나는 조금 더 멋진 사람이 되어 있을 것이다.

# 내 삶은 나만이
설계할 수 있다

운동선수는 무식하다. 이런 이야기는 예전부터 지금까지도 자주 들을 수 있는 이야기이다. 나 또한 운동하면서 이 말을 많이 들었었다. 나는 이 말이 너무 기분이 나쁘고, 불쾌했다. 그런데 그런 말이 불쾌하다고만 생각하지 말고 이 틀을 깨고 나와야 한다. 지금부터 할 이야기들이 우리나라의 엘리트 운동선수들에게 조금이나마 도움이 됐으면 좋겠다.

내 주변에도 축구를 정말 잘하던 유망주가 졸업을 하고 축구를 그만뒀을 때, 제대로 취업을 하지도 못하고, 이쪽저쪽 옮겨가며 아르바이트를 하며 생계를 유지하는 친구들이 많다. 왜냐하면 운동선수들은 대부분 초,중,고등학교 때 공부와 관계없이 운동만 했었기 때문에 운동을 그만두었을 때, 할 수 있는 걸 찾지 못하는 것이다.

꼭 공부가 아니더라도 자신이 어떤 것을 좋아하는지, 은퇴 후에 어떠한 삶을 살아가겠다든지 그런 부분들을 고민해 보아야 한다. 그런 고민도 없이 계획도 세워지지 않은 채 막상 그때가 닥치고 나서 허우적대는 모습을 볼 때 마음이 좋지 않았다. 학업 성적과는 관계없이 전국대회 4강 이상, 국제대회 메달만 있으면 대학을 쉽게 갈 수 있었던 시절도 있었다. 우리보다 랭킹이 높은 유럽국가 운동선수들은 운동선수 외에 다른 직업이 있다. 운동을 하지 말라는 게 아니라 자신의 미래를 멀리 내다보고 은퇴 후에 무엇을 할 것인지에 대한 계획은 있어야 한다는 말이다.

시대가 바뀌고 있다. 노력을 해야 하고, 운동은 목적이 아닌, 수단이 되어야 한다고 생각한다. 하지만 여기서 주목할 점은 운동선수가 무식하다는 말이 나온 게 운동선수들 탓만은 아니라고 생각한다. 왜냐하면 우리나라 엘리트 체육 체계가 그랬다. 공부는 하지 않고 운동만 죽어라 시킨다. 학교 수업도 빠지게 하고 무식하게 운동만 시킨다.

예전에 운동부는 수업일수만 채우면 되고, 나머지는 운동에 집중할 수 있도록 해줬었다. 나는 한양여대를 졸업하고, 고려대학교에 재입학을 했다. 대학교에 처음 입학했을 때, 쉬는 시간, 즉 낮잠 자는 시간에 몰래 친구들에게 물어 물어 강의실에 들어간 적이 있었다. 출석을 부르셔서 당당하게 손을 들었는데, 교수님께서 말씀하셨다. "운동부가 운동이나 하지, 여기는 왜 들어왔어." 모두가 나를 쳐다봤다. 너무 창피했다.

내가 생각한 대학생활은 이런 게 아니었다. 운동만 미친 듯이 해야 하는 이 정책이 운동선수들을 무식하게 만들었다. 은퇴 후에 어떤 삶을 살아야 하는지 미리 설계해야 한다고 생각한다. 할 줄 아는 게 축구뿐이라면, 그건 바보 같은 짓이다. 내 축구 실력만 믿고 축구만 해서는 안 되는 것이다. 운동선수로서 미래를 어떻게 대비해야 하는지, 은퇴 후에 어떤 삶을 살아야 하는지 그 삶은 나만이 설계할 수 있다. 누구도 알려주지 않는다면 그 해답은 내가 찾아야 한다.

　내가 운동선수 생활을 하던 중, 운동선수 특혜 의혹 사건이 발생했다. 그 사건의 주인공은 온 국민이 알 정도로 나라를 시끄럽게 했던 인물이었다. 그녀는 수많은 비리 의혹이 있음에도 SNS에서 사람들을 비하하고, 자기 잘못을 전혀 뉘우치지 않았다. 그 사건 이후 다른 운동선수들까지 눈총을 받게 되었다. 그리고 그 후 운동선수들도 일반 학생들과 똑같이 수업에 전부 참여하게 되었다. 선수들은 혼란스러워했다. 십몇 년 동안 운동만 죽어라 시켜 놓고, 정책이 바뀌었으니까 다른 친구들과 똑같이 공부를 하라고 하니 해 본 적 없는 공부를 어찌 시작할 수 있겠는가.

　나는 그때, 방법이 조금 잘못되었다고 생각한다. 사람들의 비난에 잠시 그 시선을 벗어나려 갑작스럽게 공부를 강요하고, 무작정 수업에 들어가라고 말하는 게 아니라, 그 시점에 조금만 더 신경 써서 선수들에게 방향 제시를 해줬더라면. 그랬다면 선수들이 더 잘 받아들일 수 있지 않았을까 아쉬운 마음이 있다. 예를 들어 지금까지 영어를 배워 본 적이 없는 친구들이니, 다른 학생들과 같은 대학교 영어를 시키는 게 아니라 따로 기초부터 알려줄 수 있는 그런 시스템이 있었다면, 그저 수업일수를 채우기 위해서 학교를 다니는 것이 아니라, 진심으로 선수들이 공부를 하고 싶게 만드는 계기를 마련해 주었다면 어땠을까 하는 마음이었다.

이런 생각이 드는 와중에 교내에서 PPT 대회가 개최되었다. 아무나 출전할 수 있었고, 주제 또한 자유 주제였다. 나는 그때 당시 우리가 그 사건 이후 그 한 사람의 잘못 때문에 따가운 눈총을 받고 있는 상황을 납득하고 싶지 않았다. 하지만 엘리트 체육의 정책에 분명 잘못된 점이 있는 건 맞다고 생각했다. 그래서 운동부였지만 운동부는 저런 곳에 나가지 못한다는 편견을 깨고 싶었다. 부족한 실력이었지만 PPT 대회를 준비해 보기로 했다. 가서 '그냥 내가 하고 싶은 말을 하고 내려오자.'라는 결심을 했다. 내가 준비한 주제는 '운동선수? 학생선수?'라는 주제였다. 그 시기에 나왔던 말이 '학생선수'라는 단어이다. 이제는 더 이상 운동만 하는 운동선수라는 말보다는 학생선수라는 말이 맞다는 의미를 담은 발표였다.

발표했던 내용을 대략적으로 설명하자면, 엘리트 체육의 문제점, 그리고 해결 방안들에 대한 내용이다. 내가 현역 엘리트 선수로 활동하고 있었기 때문에 현역 선수가 그런 주제로 발표를 준비해서 진행한다는 건 심사위원 분들에게 새로운 이슈였던 것 같다. 나조차도 운동선수인데 내가 그 대회를 나가도 될까, 라는 고민을 했었고, 그 틀 안에 박혀 있었다. 그래서 PPT 대회에 출전한다는 것 자체가 조심스러웠고 두려운 마음도 있었다. 하지만 내 선택은 옳았다. 아무도 손가락질하지 않았고, 심지어 나는 최우수상을 수상했다. 그 상은 내가 받았던 상 중에서 정말 손에 꼽힐 정도로 기분이 좋은 상이었다.

나는 원래 고등학교 때부터 꿈이 교수였다. 은퇴를 하면 강단에 서서 진심으로 학생들에게 강의를 하는 멋진 교수님이 되고 싶었다. 그래서 매일 시간을 쪼개 영어 단어를 외우고, 내가 원하는 전공 과목을 공부하고, 나름대로 운동과 공부를 병행하며 열심히 준비해 왔다.

　보통은 운동선수가 대학을 졸업하면 실업팀에 입단하여 연봉을 받으며 프로 생활을 하게 된다. 하지만 나는 실업팀 입단이 아닌 다시 대학 입학을 선택했다. 고려대학교에 재입학을 해서 4년간 대학생활을 또 했다. 사실 주변에서 말리는 사람도 많았다. 바로 실업팀에 가면 돈도 벌고, 이름도 알릴 수 있는데 왜 또 대학생활을 하냐는 것이었다. 하지만 나는 공부를 더 하고 싶었고, 조금 더 돌아 가더라도 그게 맞는 선택이라고 생각했다.

　나는 그렇게 총 6년간의 대학생활을 했다. 그렇게 교수가 되기 위해 준비를 하며 학교생활과 운동선수 생활을 병행했다. 일반 학생들과 학교를 다니며 강의를 소화해 내는 건 쉽지 않았다. 하지만 너무 즐거웠고, 행복했다. 내가 꿈꾸던 대학생활이었다. 강의실에 가서 강의를 듣고, 과제를 하고, 발표를 하고, 똑같이 강의실에 나갈 수 있다는 게. 그래서 나는 그 선택을 지금도 후회하지 않는다. 나는 운동선수가 무식하다는 편견을 깨고 싶은 마음에 밤을 새가면서까지 시험 공부를 하고, 발표준비를 하며 학교생활을 정말 열심히 했다. 그 결과 최우수 성적상까지 받을 수 있었다. 사람 일은 모른다. 교수가 되려고 그렇게도 열심히 준비했던 나는 지금 대학 강단이 아닌, 다른 강단에서 운동을 가르치고 있다.

내가 교수 준비를 했다는 걸 아는 사람들은 많이 의아해하고 내가 왜 이 길을 택했는지 궁금해하지만 난 지금이 너무 행복하다. 내가 그렇게 열심히 했기 때문에 지금 이 직장에서 이렇게 일할 수 있고, 좋은 직장 동료들을 만나 행복하게 일하고, 만족스러운 삶을 살 수 있게 된 것 같다. 빠르기만 한 방향으로 빠르게 달려가느니, 조금 돌아가더라도 내 삶에 어울리는 방향으로 느릿하게 가는 것이 낫다.

각 나라마다 시차가 다른데, 그렇다고 시간이 느린 곳이 뒤처지는 곳은 아닌 것처럼, 나는 내 속도대로 전진하면 된다. 열심히 내 꿈을 좇다 보면, 어떤 결과가 따라오든 분명 만족스러운 결과를 만날 수 있을 것이다. 그러니 자신을 믿자. 내 삶은 다른 누구도 아닌 나만이 설계할 수 있다. 내 선택을 믿고, 내 노력을 믿자. 그것이 정답이다.

포기하고 싶을 때
나를 지지해 주는 사람

우리 회사는 오프라인 그룹 피티를 진행하고 있고, 온라인으로 관리를 해주는 온라인 피티를 진행하고 있고, 바디프로필, 일반프로필을 찍어 주는 스튜디오를 운영하고 있고, 마지막으로 유튜브 '삐약스핏'이라는 채널을 운영하고 있다.

우리 팀은 주원, 혜민, 예진, 정원 이렇게 세 명의 트레이너와 한 명의 매니저로 인원이 구성되어 있다. 우리는 서울에서 직접 만나서 하는 오프라인으로 그룹 피티를 진행하고 있다. 함께 만나서 운동하고, 집에서도 스스로 운동할 수 있도록 운동을 구성하고, 운동에 재미를 붙일 수 있도록 신나는 텐션으로 수업을 이끌어 간다. 함께 호흡하고, 운동하다 보면 하루의 고단함과 스트레스가 싹 날아가는 기분이 든다. 정규반은 나에게 너무 행복한 시간이다. 우리를 만나러 2~3시간 거리를 매주 와주시는 분들도 계신다. 그리고 몇 년째 우리와 함께 운동하기 위해 찾아 주시는 분들도 계신다. 이런 분들을 마주하면 항상 너무 감사하고, 열심히 해야겠다는 생각이 든다.

해외에 살거나, 너무 멀리 살아서, 혹은 시간적 여유가 되지 않아서 오프라인 수업에 못 오시는 분들의 문의가 참 많았다. 온라인 피티는 없는지, 직접 가지 않고도 운동을 배울 수 없는지. 그래서 우리는 정말 오랫동안 준비하고 철저하게 정비해서 온라인 피티라는 것도 진행하게 되었다. 열심히 준비한 만큼 그걸 알고 있다는 듯이 반응은 뜨거웠고, 우리는 매 기수 인원 마감을 달성하며 지금은 벌써 41기까지 (2022년 7월 기준) 진행되고 있는 시점이다.

우리의 유튜브는 현재 47만 명의 소중한 구독자 분들과 함께 하고 있다. 우리가 유튜브를 시작하게 된 계기는 인스타그램에는 짧은 영상이 올라가고, 유튜브에는 긴 영상이 올라갈 수 있는 플랫폼이라는 데 있었다. 인스타그램에서는 "이러이러한 운동을 하루에 몇 개씩 하세요." 이런 식으로 알려준다고 하면, 유튜브는 "이러이러한 운동을 저랑 같이 몇 개씩 해봅시다." 하면서 같이 운동을 할 수 있는 장점이 있었다. 우리의 운동을 더 많은 사람들과 함께 하고 싶었다. 그래서 지체없이 바로 유튜브를 추진하게 되었다.

하지만 우리 중 유튜브를 해 본 사람이 아무도 없었다. 편집과 촬영을 직접 해본 거라곤 짧은 인스타 영상뿐이었다. 인터넷도 찾아 보고, 영상으로도 배우면서 직접 촬영과 편집을 시작했다. 처음엔 촬영, 편집, 연출 전부 다 미숙했다. 하지만 우리의 열정은 이미 100만 유튜버였기에. 그래서 우리 모두가 유튜브를 운영하는 것에 스트레스를 받지 않고 즐길 수 있었다. 우리가 힘낼 수 있었던 건 부족한 우리와 함께 해준 구독자 분들 덕분이었다. 유튜브를 개설해 줘서 고맙다, 좋은 운동을 이렇게 무료로 함께 할 수 있게 만들어 줘서 고맙다, 운동에 재미를 붙여 줘서 고맙다, 등 우리에게 힘이 되는 응원의 말들로 우리는 지금까지 쉼 없이 달려올 수 있었다.

주원 언니는 예전에 취미로 사진을 배웠었다. 그리고 우리 모두 사진 찍는 걸 좋아했다. 사진에 관심이 많다 보니, 우리끼리 사진을 찍다가 같이 운동하고, 소통하는 분들도 여기 와서 사진을 찍으면 좋겠다고 생각해서 스튜디오를 열게 되었다. 주원 언니는 우리 모두 스튜디오 촬영에 투입될 수 있게 촬영과 보정 기법을 알려 주었다. 이 일이 우리의 업이 된 만큼 열심히 사진을 배우고, 보정도 배웠다. 열심히 운동해서 몸을 만들고, 좋은 추억을 남기기 위해서 우리 스튜디오에 와서 사진을 찍으신다. 멋진 결과물을 보고 행복해하는 사람들을 봤을 땐, 정말 행복지수가 하늘을 찌르는 기분이다.

유튜브를 개설하고 1년 반 정도 지났을 때, 코로나 19가 시작되었다. 우리 일의 메인은 오프라인 클래스 운영이었기 때문에 주 5일 그룹 레슨을 진행하고 있는 우리에게는 큰 타격이었다. 하지만 우리는 온라인 피티와 유튜브, 스튜디오를 하고 있었기 때문에 코로나라는 위기 앞에서 무너지지 않을 수 있었다. 2년 가까이 직접 만나서 운동할 수는 없었지만, 이렇게라도 소통하고, 함께 할 수 있어서 정말 다행이었다. 만약 우리가 머뭇거리며 온라인 피티와 유튜브를 추진하지 않고, 스튜디오도 망설였다면, 코로나의 어려움이 닥쳤을 때 어떻게 헤쳐나갔을지 상상하고 싶지 않을 정도이다. 우리가 이렇게 코로나19 속에서 살아남을 수 있었던 건, 함께 해주신 분들과 어떤 일이든 무너지지 않고 최선을 다했던 우리 동료들 덕분이라고 생각한다.

일을 하면서 난관에 부딪히고, 포기하고 싶고, 다 놓아 버리고 싶을 때가 생길 수 있다. 하지만 그럴 때 나를 응원해 주고 있는 사람, 나를 지지해 주는 사람, 나와 함께 달리고 있는 사람들의 얼굴, 따뜻한 말들을 생각하며 한 번만 더 생각해 보자. 내가 힘을 내야 할 이유가 충분하다.

한치 앞도 모르는 게 사람 일

내 꿈은 원래 강단에서 강의를 하는 바르고 성실한 교수가 되는 것이었다. 트레이너를 하겠다는 생각은 단 한 번도 해본 적이 없다. 평생 운동만 하고 살았던 터라 매일 운동을 해야 하는 직업을 내가 또 하리라고는 생각하지 못했다. 사람들이 내가 교수라는 꿈을 접고 트레이너를 하게 된 계기를 궁금해한다. 사람 일은 한 치 앞도 알 수 없다는 말이 맞는 것 같다.

내가 운동을 그만두고 한 달 정도 쉬는 기간이 있었다. 너무 우울하고 속상했던 어느 날, 생각 없이 인스타그램을 구경하는데 하나의 글이 눈에 띄었다. 그 글은 힘든 나를 위로해 주기에 충분한 글이었다. 정말 그 글을 읽고 많은 위로가 되었고, 은연중에 나도 그런 사람이 되고 싶다,라는 생각까지 했던 기억이 난다. 그래서 그날 난, 뭔가에 홀린 듯이 주원 언니를 팔로잉하게 되었다. 그때부터 주원 언니는 내가 팔로우하고 있던 유일한 트레이너 선생님이었다.

그렇게 팔로잉하고 멋진 사람이다,라고 생각하던 중에 번개 모임을 한다는 글이 올라왔다. '오늘 몇 시, 어디서 놀자!' 이런 식으로 갑자기 팬들과 만남을 가지는 내용의 글이었다. 지금은 사람들이 안 믿어 주긴 하지만, 그때까지만 해도 나는 낯을 가렸다. 활발하지만, 낯을 가리는 편이다. 그래서 친구들은 아직도 내가 그곳에 갔다고 하면 믿기지가 않는다고 말한다. 나는 뭔가에 홀린 듯 그 모임에 신청해서 그날 바로 가게 되었고, 그렇게 주원 언니와 만나게 되었다.

그 카페는 우리 집에서 한 시간 반이나 떨어진 곳이었다. 그런데 하필 낯을 가리는 내가 제일 먼저 도착했다. 너무 뻘쭘한 상황이었다. 쭈뼛거리며 의자에 앉아 있었고, 사람들이 하나 둘 들어오기 시작했다. 언니는 실제로 보니 너무 빛이 나는 사람이었고, 말 한 마디 한 마디가 정말 멋있었다. 거기에 앉아 있으면서도 내가 여기 어떻게 왔지,라는 생각이 문득 문득 들 만큼 믿어지지가 않았다. 그날 나는 언니와 멀리 떨어진 곳에 앉아 언니가 하는 말들을 경청하고 있었다. 그러다가 운이 좋게 언니 옆자리에 앉게 되었다.

그때 당시 내 인스타그램 팔로워 수는 199명이었다. 언니에게 "언니! 제 200번째 팔로워 하게 해드릴까요?"라고 말했다. 아니... 무슨 배짱인지... 지금 생각해봐도 당돌하고, 정말 말도 안 된다. 언니는 그런 내가 웃겼는지 웃었고, 200번째 팔로워가 되어 주었다. 그렇게 주원 언니와의 인연은 시작되었다. 그 이후로 언니와 친해져서 식사 자리도 몇 번 가지고, 커피도 마시고, 꽤 여러 번 만나게 되었다. 언니는 만날수록 정말 멋진 사람이었고, 배울 점도, 닮고 싶은 점도 많은 사람이었다.

그러던 어느 날, 언니가 강연을 하러 간다는 말을 들었다. 그냥 말로만 한 시간 동안 강연을 진행한다는 이야기를 들었다. 나는 PPT 대회 수상 경력이 있는 만큼, PPT를 사용하면 더 질 높은 강의를 할 수 있고, 언니도 훨씬 수월할 거라는 작은 팁을 주었다. 그리고 언니와 자주 만나면서 강연 준비를 돕게 되었다.

그러다가 주원 언니가 나에게 같이 일해 볼 생각이 없는지 물었다. 나는 6년 동안 준비했던 꿈이 있었음에도 언니의 제안을 들었을 때, 너무 두근거리고 행복한 기분이 들었다. 내가 여기서 일을 하게 되면, 정말 행복하게 일할 수 있겠구나. 내가 이런 좋은 사람들과 일을 하게 되면, 내가 생각했던 도착점과는 조금 다른 곳이긴 해도, 누구보다 멋진 삶을 살 수 있겠구나,라는 생각이 들었다. 그렇게 나의 새로운 출발이 시작됐다.

치킨은 살 안 쪄요, 살은 내가 쪄요

내 직업은 건강을 지키고 싶은 사람에게 운동을 알려 주고, 살이 쪄서 고민인 사람에게는 살 빼는 걸 도와주고, 너무 말라서 살이 쪄야 하는 사람에게는 건강하게 체중을 증가시킬 수 있도록 도와주는 일이다. 가장 많이 있는 회원 분들은 살을 빼기 위해 찾아오시는 분들이다. 찾아오시는 분들 모두 각자의 사연을 가지고 있다. 살이 찐 이유도 제각각이고, 빼지 못하는 이유도 모두가 다르다. 나는 내 자리에서 묵묵히 각각의 사연들을 안고 오시는 분들을 기다린다.

2020년, 코로나19가 우리나라에도 번지기 시작했다. 그로 인해 집에만 있어야 하는 이유가 늘었다. 아이들은 등교하지 않게 되었고, 재택 근무하는 날은 많아졌다. 최대한 돌아다니지 않도록 정부에서 지침이 내려온 적도 있다. 그때 많은 사람들이 말했다. 코로나 때문에 살이 쪘다고. "선생님! 코로나 때문에 살이 너무 많이 쪘어요." 여기서 중요한 포인트는 코로나는 살이 찌는 바이러스가 아닐 뿐더러 이 말을 했던 분들 모두 코로나에 걸리지 않았던 사람들이다. 누가 보면 코로나가 지방덩어리를 들고 찾아온 줄 알 정도로, 많은 사람이 코로나를 탓하며 억울해했다. 나는 말했다. "코로나가 살찌게 한 게 아니라, 많이 드셔서 살이 찐 게 아닐까요~? ^^"

그런 말이 한창 유행했을 때가 있었다. '치킨은 살 안 쪄요, 살은 내가 쪄요.' 맞다. 치킨은 살이 찌지 않는다. 살은 그걸 먹는 우리가 찐다. 마찬가지로 코로나는 살이 찌지 않는다. 집에 있으면서 먹는 우리가 살이 찐다. 우리에게는 그냥 살이 찌는 핑계를 댈 것이 하나 더 늘었을 뿐이었다.

모든 것에는 이유가 존재한다. 내가 회사나 학교에 지각했을 때조차 이유가 존재한다. 오늘따라 차가 막혔다든지, 오늘따라 지하철이 늦게 왔다든지, 오늘따라 신호등의 신호가 운이 따라주지 않았다든지... 하지만 어떤 상황이 닥쳤어도 늦지 않도록 여유 있게 일어나 준비했다면 지각은 하지 않았을 것이다. 나도 마찬가지고, 우리는 그걸 알면서도 매번 똑같은 실수를 반복하게 된다.

코로나로 인해 살이 찐 것도 집에만 있으면서 배달 음식을 많이 시켜 먹게 되고, 운동을 하러 밖에 나가지 못하게 되면서 살이 쪘다고 말할 수 있다. 맞는 말이다. 하지만 우리는 알고 있다. 이러한 조건 속에서도 내가 어떻게 하면 살이 찌지 않을지, 이러한 상황을 어떻게 극복해야 할지는 누구나 알고 있을 것이다. 배달음식을 시켜 먹는 대신 건강한 음식을 요리해서 먹는다든지, 배달을 시키더라도 조금이라도 건강한 음식을 배달하는 방법이 있다. 밖에 나가서 운동을 못하면 홈트를 하면 된다. 요즘에는 유튜브도 너무 잘되어 있어서 돈을 내지 않고도 무료로 운동을 할 수 있는 시스템이 많이 구축되어 있다. 이 또한 누구나 잘 알고 있다. 하지만 실천이 되지 않고, 마음처럼 잘 되지 않기 때문에 우리를 찾아온다. 난 스스로 알고 있는 그 해결책을 실천할 수 있도록 도와주는 역할을 한다.

내가 매일 지각해서 혼이 난다면, 내가 지금 살이 쪄서 고민이라면, 내가 반복되는 실수를 해서 고민이라면, 그 이유를 원망하지 말고, 어떻게 하면 그 이유조차 나를 방해할 수 없을지를 생각해 보자. 그 답은 생각보다 간단할지도 모른다.

왼쪽의 테이블에는 라면, 아이스크림, 과자, 초콜릿, 사탕을, 오른쪽 테이블에는 각종 샐러드, 과일, 견과류를 모아 두고 10살 초등학생에게 질문을 한다. 이 둘 중 몸에 좋지 않은 음식은 어느 쪽에 있는 음식일까? 그 아이는 1초의 고민도 없이 정답을 맞힐 수 있다. 우리도 알고 있다. 왼쪽 테이블에 올려진 음식들이 내 몸을 상하게 하고, 살찌게 하는 것이라는 걸. 생각보다 답은 간단하다. 뭘 먹으면 안 되고, 뭘 먹어야 하는지 우리는 이미 알고 있다.

내가 지금 하고 있는 고민도 이런 고민일지도 모른다. 내가 어떤 행동을 반복해서 실수를 하는지, 어떤 말로 인해 누군가에게 상처를 줬는지, 깊게 생각하지 말자. 정답은 이미 알고 있다. 회복하기 위해서, 혹은 다시 그런 실수를 하지 않기 위해서 어떻게 해야 하는지 깊게 고민하기보다는 근본적인 이유가 뭔지, 내 어떤 마음가짐 때문인지 간단하게 먼저 생각해 보자. 생각보다 해결책은 가까이에 있다.

나에게 맞는 목표부터 차근차근

트레이너를 하면서 자주 받는 질문 중 하나가 "왜 이렇게 살이 안 빠질까요?"라는 질문이다. 그래서 나는 되물어본다. "평소에 식단이랑 운동 어떻게 하세요?" 돌아오는 대답은 "한다고 하는데 바빠서 잘 못하고, 피곤해서 그냥 잠들고 그래요, 바쁜데 살을 어떻게 빼요!?" 자주 나누게 되는 대화이다.

엄마의 에피소드를 적어 보자면, 우리 엄마가 그랬었다. 예전에는 딱 붙는 원피스에 선글라스를 머리 위에 꽂고 다니고, 친구들의 엄마 중 가장 몸매가 좋고,

잘 꾸미고 다니셨다. 운동도 자주 하시고, 꾸미는 걸 좋아하시는, 그리고 주변 사람들이 다 좋아하고 내 친구들의 부러움을 한 몸에 받을 수 있었던 완전 슈퍼 핵인싸 엄마였다. 하지만 가게를 운영하시면서 아침 10시에 출근하고, 새벽 1~2시에 들어오게 되는 스케줄을 소화해야 하니 운동은커녕 식사도 제때 챙겨 드시지 못했다. 일이 끝난 뒤 늦은 밤에 먹는 야식과 안 좋은 생활 습관들이 모여 10kg이 넘게 증가하였다. 그러다 보니 건강도 악화되어 고지혈증 약까지 먹게 되었다. 그런데도 엄마라서 그런지 내 말은 들어주지 않으셨다. 엄마 이러면 진짜 더 안 좋아진다, 아무리 이야기해도 알겠다 알겠다고만 하시고, 이렇게 바쁜데 운동을 언제 하고, 식단은 말도 안 된다며 매번 다이어트를 포기하셨다.

그러던 중 내가 취직을 하면서, 주원 언니와 엄마가 친한 언니 동생 사이가 되었다. 주원 언니에게 엄마 건강이 악화되어서 걱정이다,라고 고민을 말했더니, 언니가 도와주겠다고 말하며 아이디어를 냈다. 엄마는 본인을 위해서는 다이어트를 하지 않으시지만 우리에게 도움이 된다고 하면 하실 수도 있지 않을까 하는 언니의 의견이었다. 그래서 우리가 유튜브를 하니까 엄마에게 우리를 도와달라고 도움을 요청했다. 예전부터 기획하던 다이어트 콘텐츠가 있었는데 그 주인공을 우리 엄마로 선정하기로 결정한 것이다. 우리에게 도움이 되는 일이니 도와주실 수 있냐고 부탁을 드리자 엄마는 너희에게 도움이 된다면 당연히 하겠다며 흔쾌히 승낙해 주셨다. 그렇게 엄마의 다이어트가 시작되었다. 100일 동안 다이어트를 진행하는 콘텐츠였는데, 콘텐츠 명은 '엄마를 부탁해'였다. 바쁜 일상에서도 다이어트를 성공할 수 있다는 걸 보여 주고 싶은 게 우리의 목표였다.

엄마는 책임감을 가지고 정말 열심히 해주셨다. 나는 사실 엄마가 콘텐츠를 진행하게 되어서 너무 기쁜 마음도 있었지만 한편으로는 너무 힘드시지 않을까, 라는 걱정도 있었다. 하지만 엄마는 너무 즐기면서 다이어트를 하셨다. 오히려 몸이 가벼워지고, 건강해지는 기분이 든다면서, 살보다는 이제는 건강을 위해서 운동이랑 식단을 한다고 하셨다. 엄마에게 추천한 식단과 운동은 이러했다. (우리는 엄마가 극단적인 식단과 운동을 하게 되면 금방 포기하고 바쁜 스케줄에 지치실 거라고 예상했다.) 엄마가 횟집을 하시기 때문에 단백질류는 고기보다는 생선, 채소는 가게에 있는 채소, 반찬도 가게의 밑반찬, 이런 식으로 집이나 가게에 있는 식단으로 챙겨 드실 수 있게 부담스럽지 않은 식단을 알려드렸다.

다이어트를 한다고 해서 닭가슴살이나 고구마, 야채만 먹어야 하는 게 아니다. 내가 주어진 환경에서 주어진 상황에서 최선을 다하면 된다. 엄마는 운동도 힘들게 하지 않으셨다. 여러 가지 영상을 골라 드리고, 여기서 엄마가 재밌는 걸 골라서 하루에 30분만 하라고 말씀드렸다. 그 30분도 한 번에 하지 않아도 되고, 손님 없을 때 시간 날 때 하면 된다고 말씀드렸다. 운동을 틈날 때 하면 되고, 식단도 있는 것에서 해결할 수 있으니 부담 없이 진행할 수 있었기에 엄마는 포기하지 않고 100일 동안 달렸다. 중간중간 가장 좋아하시는 피자를 드시고 싶어 하셨던 것이 고비였다. 하지만 100일 프로젝트를 진행하면서, 원래는 쉬는 날 혼자 피자 한 판을 다 드셨다면, 이제는 한 조각만 드시고, 콜라는 안 드시고, 이렇게 스스로 조절을 하실 수 있게 되었다.

결과는 성공적이었다. 10kg 감량에 성공하였고, 고지혈증 약도 끊을 수 있게 되었다. 그리고 엄마는 달라졌다. 매일 트레이닝복만 입으시다가 서랍에 넣어 놨던, 살 쪄서 못 입던 옷들을 꺼내서 입고, 살 쪄서 안 나갔던 모임도 자주 나가시고, 쉬는 날도 소파에 누워만 있는 게 아니라 일어나서 산책을 나가는 그런 건강한 삶을 살게 되었다. 콘텐츠 반응 역시 폭발적이었다! 이렇게 바쁜 스케줄을 소화하면서도 다이어트에 성공한 엄마의 모습은 많은 사람들에게 동기부여가 됐고, 덕분에 많은 사람이 다이어트를 시작하고 건강한 삶을 살게 되었다. 우리 콘텐츠도 성공적이었고, 엄마의 다이어트도 성공적이었던 아주 만족스러운 결과였다.

엄마가 매번 못한다고 말씀하셔서 나도 엄마가 안 한다고만 생각했었다. 하지만 방법을 모르시는 것이었다. 이 글을 읽는 독자 분들 역시 실천하지 않는 사람이 아니라, 방법을 모르는 것이다. 너무 큰 목표를 찾기보다는 나에게 맞는 방법을 찾아 천천히 차근차근 작은 목표부터 이루며, 스스로 칭찬도 해주고, 다독이면서 이뤄 나갔으면 좋겠다. 너무 채찍질만 하지 말고, '참 잘했다.' 칭찬도 해주면, 그 안에서 방법을 찾아낼 수 있을 것이다. 자존감이 올라가는 순간, 방법은 떠오른다.

가짜 배고픔

다이어터라면 누구나 들어 본 적 있을 '가짜 배고 픔' '가짜 식욕'은 다이어트를 할 때 큰 적이 된다. 자꾸만 가짜 배고픔에 속게 되고, 속고 싶고, 부정하고 싶다. 하지만 내가 살을 빼고 싶고, 건강한 식생활을 유지하고 싶다면, 가짜 배고픔에 속지 않고 가짜 식욕을 무시할 수 있어야 한다.

그렇다면 진짜 식욕과 가짜 식욕은 도대체 어떻게 구분할까?

우선 진짜 배고픔은 우리가 운동을 하거나 에너지

를 소모했을 때, 몸의 에너지가 부족할 때 오는 것이다. 그렇다면 가짜 배고픔은 '스트레스 받으니까 매운 거 먹어야겠다', '열 받으니까 초콜릿 먹어야겠다' 등등 여러 감정들이 뇌에 전달이 되면서 심리적인 결핍을 채우기 위한 욕구이다.

우리 뇌에서 분비되는 신경전달물질 중에는 행복함을 느끼게 해주고, 우울한 감정을 지워 주는 세로토닌이라는 물질이 있다. 심리적인 압박이나 우울한 감정, 스트레스를 받게 되면 세로토닌 양이 줄어들게 된다. 세로토닌이 줄어들게 되면 뇌에서 당을 채우라고 신호를 보낸다. 그래서 나도 모르게 세로토닌 양을 회복할 수 있는 달달하고 자극적인 음식을 찾게 된다. 그렇게 먹게 된 야식, 달달한 것 등 살 찌는 음식들이 모여 내 뱃살이 되는 것이다.

순간적인 희열, 만족감은 있겠지만, 결국에는 그로 인해 찐 살들, 건강악화 등으로 더 스트레스를 받을 확률이 높다. 그래서 가짜 배고픔과 진짜 배고픔을 잘 구분하고 이겨내야 한다. 그리고 나만의 해소 방법을 만들어가야 한다.

본격적으로 진짜 배고픔과 가짜 배고픔을 구별할 수 있는 방법을 설명해 보자면, 진짜 배고픔은 서서히 배가 고파지고, 특정한 뭔가를 먹고 싶다는 느낌보다는 아무거나 먹어서 배를 채우고 싶다는 생각이 든다. 가짜 배고픔은 갑자기 배고픔이 나타난다. 식사를 한 뒤 디저트가 당기는 현상, 뭔가를 먹었는데도 배가 고프고 뭐가 막 먹고 싶을 때도 가짜 배고픔이라고 볼 수 있다. 스트레스를 받는다든지, 우울하다든지, 심심하다든지 등등 심리적인 요소로 나타나는 경우가 많다. 이 경우, 달거나, 맵거나 짜거나 자극적인 특정 음식이 먹고 싶다. 가짜 배고픔일 때는 음식을 먹어도 허전하고 공허한 느낌이 들 때가 많다.

그렇다면, 가짜 배고픔이 느껴질 땐, 어떻게 이겨내야 할까? 사실 '이렇게 하세요, 저렇게 하세요.' 말할 수는 있지만, 본인에게 가장 잘 맞는 해결책은 스스로 찾는 것이 가장 좋다. 누구에게는 이 방법이 잘 통할 수도 있지만, 누구에게는 전혀 효과가 없을 수도 있기 때문이다.

내가 가지고 있는 여러 방법을 공유해 볼까 한다. 이 중, 본인에게 맞는 방법을 찾아서 내 것을 만드는 것을 추천한다.

우선 내가 가짜 배고픔을 느끼기 전에 군것질은 최대한 내 눈앞에 두지 않는 것이 좋다. 내가 식욕의 노예라는 것을 인정하고 유혹이 될 만한 것들은 최대한 눈앞에 두지 않는다. 심리적인 방법으로 이겨내는 방법은 나 같은 경우에는 내가 이 음식을 먹고 후회를 할 것인지 안 할 것인지를 생각해 본다. 내가 이걸 먹었을 때, 과연 후회를 하지 않고 만족감만을 얻을 수 있을 것인지를 생각해 본 후에도 먹고 싶을 땐, 살찐 내 모습을 거울로 보거나 뱃살을 만져 본다. 이 방법은 내가 지금 다이어트 기간이라면 효과적일 때가 많다. 그리고 가짜 배고픔이 느껴졌을 때, 20분만 참아 본다.

하지만 이 방법으로도 잘 되지 않을 때는 이제 심리적인 방법으로는 안 되는 것이라고 판단하여 현실적인 방법으로 들어간다.

내가 취하는 방법을 순서대로 말해 보자면, 우선 양

치를 하거나 껌을 씹는다. 양치질을 하면 입맛이 좀 없어지는 걸 느낄 수 있는데, 그래도 똑같다면 아메리카노나 물을 마신다. 사실 물이 가장 좋지만, 물이 잘 안 넘어가는 사람들은 차나 아메리카노도 좋다. 이 방법도 통하지 않는다면 최후의 방법으로 나는 운동을 한다. 운동도 그냥 운동이 아닌 고강도 운동을 한다. 땀을 쫙 빼고 나면, 식욕이 떨어진다. 이건 내 경험만이 아니라 과학적으로도 밝혀진 내용이다. 여기서 중요한 것은 가벼운 운동이 아닌, 고강도 운동을 해야 한다.

우리가 다이어트를 하거나, 건강을 위해 운동을 한다면 이겨내야 하는 것이 참 많다. 주변 유혹도 이겨내야 하고, 심지어는 지금 말한 것들처럼 나 자신과의 싸움에서도 이겨내야 한다. 몸은 절대 거짓말을 하지 않는다. 내가 노력한 만큼 몸은 나에게 건강한 몸과 멋진 몸을 선물해 줄 것이다.

새로운 날

나를 건강하게
만든 이야기

몸은 절대 거짓말을 하지 않는다.
내가 노력한 만큼 몸은 나에게
건강한 몸과 멋진 몸을 선물해 줄 것이다.

언제나 시작은 기억에 남는 법

우리가 진행하는 레슨은 그룹 트레이닝이다. 주원, 혜민, 예진 세 명의 트레이너가 동시에 투입되어서 진행되는 레슨이다.

처음 직장에 들어왔을 때, 내가 아무리 운동을 평생 해왔지만, 그동안 내가 해왔던 운동과는 다른 부분이 많았다. 그 전까지는 운동부 선수들과 오랜 시간 부딪혀 왔다면, 이곳은 운동부뿐 아니라, 운동을 처음 시작하는 분들도 많았다. 내가 처음부터 레슨에 투입될 수는 없었다. 교육생 기간도 거치고, 여러 단계를 밟고 올라선 뒤, 레슨에 투입될 수 있었다.

처음에 앞에서 스트레칭만 진행하는데도 손발이 떨리던 게 아직도 기억이 난다. 그때 어떤 회원 분이 계셨는지도 다 기억이 날 정도로 그날이 나에게는 의미 있는 날이었다. 교육생은 레슨이 진행될 때, 뒤에서 레슨을 돕기도 하고, 레슨이 어떻게 진행되는지 숙지를 해야 한다.

교육생 시절, 내 눈에 주원 언니의 지도 방식은 정말 새로웠고, 멋있었고, 그 방식을 배우고 싶다는 생각이 들었다. 내가 보기에 언니는 많은 지식을 갖고 있음에도 어려운 단어를 선택하지 않고, 수업을 듣는 분들의 눈높이에 맞춰 하나하나 풀어서 설명하는 센스와 능력이 정말 대단했다.

예를 들어, 삼두라는 근육의 운동을 한다고 하면, 팔꿈치 각도는 뭐가 되고, 어느 부분을 이렇게 하고, 짜고, 내쉬고, 각도의 변화, 내쉬는 숨, 발현하는 힘의 세기 등 충분히 심오하고, 세세하게 설명할 수 있다. 하지만, 초보자 분들 같은 경우에는 그런 말들을 이해하기가 어렵다. 이때 언니는 '여치'를 비유로 들어 설명했다. '여치가 살아 있으면 날개가 이렇게 올라와 있지 않느냐, 여치가 죽으면 날개가 떨어진다, 여치를 죽이면 안 된다!' 이런 식으로 수업을 진행한다. 그럼 초보자의 경우 훨씬 이해하기도 쉽고 더 기억에 남을 수밖에 없다.

그리고 또 하나 예를 들자면, 고관절의 각도를 이렇게 하고, 무릎의 각도는 이렇게 해주시고 등등 이렇게 설명할 수 있는 운동이라면, 초보자에게 설명할 때, '뒷사람에게 엉덩이를 자랑해 주세요'라고 간단하게 설명해 주면 초보자 분들도 쉽게 따라할 수 있는 운동이 된다.

물론 레슨을 하는 방식이 트레이너마다 다를 수 있다. 자세하게 근육 하나 하나 설명해 가면서 할 수도 있다. 이런 방법이 틀렸다고 말하는 것은 아니다. 초보자들이 운동을 배울 때, 어려운 운동에 쉽게 다가가면서, 재미를 붙여 몸을 움직이게 만들고, 운동 설명이 기억에 남게 만드는 게 좋은 접근이라고 생각했다. 운동선수 생활을 했었던 나에겐 이런 티칭 방법이 정말 좋은 자극이 되었다. 운동을 꼭 어렵게만 설명해야 하는 건 아니구나를 언니 덕분에 깨닫게 되었다.

운동 상급자에서 초보자까지 여러 레벨을 가진 분들이 운동을 배우러 오는데, 혼자 집에서도 운동할 수 있게 알려주는 것 또한 우리가 해야 할 일이고, 우리가 레슨을 하는 이유 중 하나이다. 초보자에게 어렵게 설명이 들어가면, 운동 이름조차 기억하지 못하고, 집에서 혼자 운동을 하게 될 때, 어떤 동작을 해야 할지 모른다. 나는 주원 언니처럼 쉽게 진행하는 티칭 방법을 배우고, 흡수하고 싶었다. 그래서 그날부터 나는 주원 언니가 하는 레슨 내용을 한 자도 빼놓지 않고 다 외우려고 노력했다. 준비 스트레칭을 시작으로 운동 설명, 마무리 스트레칭할 때까지 최대한 언니의 레슨을 흡수하려고 노력했다. 처음엔 쉽지 않았지만, 할수록 흡수가 되었고, 그 방법을 나만의 것으로 바꾸면서 나만의 티칭법도 탄생할 수 있었다.

운동도 마찬가지고, 사회생활도 마찬가지고, 하다 보면 롤모델이 생기기 마련이고, 따라하고 싶고, 배우고 싶은 사람이 생기기 마련이다. 누군가와 닮고 싶어서 따라했을 때, 왜 내 것을 따라하냐며 비난하고, 따라하지 말라고 화내고, 대놓고 면박을 주기도 하고,

창피를 주기도 하는 상황들이 많이 일어난다.

내가 이렇게 주원 언니의 티칭법을 배우고 흡수할 수 있었던 이유가 있다. 초반에 내가 레슨에 투입되었을 때, 언니와 똑같은 말로 레슨을 진행한 적이 있다. 그때 주원 언니는 당연히 눈치를 챘다. 레슨이 끝나고 나에게 와서 말했다. "어떻게 이걸 다 외웠어? 너무 잘했어. 대단해. 앞으로 내 많은 것들을 가져가서 너의 것으로 만들어."라고. 나는 그 말을 아직도 잊지 못한다. 그 말이 나에게 큰 열정을 심어 줬고, 내가 더 열심히 할 수 있는 원동력이 되었다. 누군가가 내 것을 따라 한다는 게, 좋지만은 않을 수 있다는 걸 안다. 그런데 이걸 격려해 주고, 응원해 주는 사람이 곁에 있었기에 내가 여기까지 올 수 있었던 것 같다.

나도 그런 사람이 되고 싶다. 나의 어떤 능력이 누군가에게 동기부여가 되고, 누군가에게 큰 가르침이 될 수 있는 그런 사람이 되고 싶다. 내 말로 인해서 누군가의 삶에 힘이 될 수 있다면, 그보다 뿌듯할 수 있을까.

좋은 친구

"진짜 친구 한 명만 있으면 성공한 삶이다."라는 말이 있다. 친구 중 내가 속마음을 터놓고 이야기하는 친구는 두 명이 있다. 한 명은 고등학교 때 친구 '우윤경'이라는 친구, 또 한 명은 대학교 때 친구 '전인지'라는 친구다.

윤경이와는 처음부터 친해질 수 있었던 것은 아니었다. 일반학생인 윤경이는 공부를 잘했다. 1등을 하면서도 놀 땐 노는 것 같고, 얼굴도 예쁘고 성격도 시원시원해 보여서 친해지고 싶었던 것 같다. 나도 그런 사람이 되고 싶기도 했었고, 이성이든 동성이든, 본인의 분야에서, 최선을 다하고, 열심히 하는 사람에게 매력을 느끼는 것 같다.

나는 겉보기에는 밝고 활발해 보여도, 처음 만나는 사이에서는 낯을 많이 가리는 성격이라 먼저 친해지려 노력하거나, 말을 거는 건 잘 하지 못했다. 윤경이와는 같은 반을 한 적이 한 번도 없어서 좀처럼 친해질 기회가 없었는데, 어쩐 일인지 내가 먼저 말을 걸 기회가 있었다. 그때 당시 우리 학교는 영어수업을 성적별로 반을 나눠서 진행했는데 그때 운이 좋게도 윤경이와 같은 반이 되었다. 영어수업 때 마주치면 인사를 하며 지내는 사이가 되었다. 그렇게 윤경이와의 인연은 시작되었다.

어느 날, 운동이 끝나고 외박을 받아, 지하철을 타고 집에 가는 길이었다. 지하철을 기다리는 의자에 윤경이가 혼자 앉아서 틴트를 바르고 있었다. 그때 당시 윤경이는 틴트를 상당히 빨갛게 발랐었다. 나는 윤경이에게 다가가 '쥐를 잡아먹은 거냐'며 놀렸다. 그 장난을 시작으로 윤경이와 친해지게 되었다.

윤경이는 나에게 정신적인 힘이 되어 주는 친구이다. 원래 나는 고민을 잘 이야기하지 못했다. 슬픔을 나누면 반이 되는 게 아니라, 슬픔을 나누면 슬픈 사람이 두 명이라고 생각하는 사람이다. 그리고 나의 이야기를 잘 하지 못했다. 그냥 누가 아는 것도 싫고, 내 감정을 누구에게 들키는 것도 싫다. 하지만 윤경이에게는 이야기하게 되는 것 같다. 특별한 해결책을 매번 주는 게 아닌데도 윤경이와 이야기하고 나면 마음이 편안해진다. 고민거리 때문만이 아니라도, 같이 만나서 놀고, 이야기하고 나면 편안해지고, 행복한 기억만 남는다.

같이 만나면 에너지가 소진되는 사람이 있고, 만나면 에너지가 채워지는 사람이 있다. 만났을 때 지치고 힘든 사람은 만나기 꺼려지는 게 사실이다. 윤경이를 만나면 에너지가 채워진다. 윤경이는 나에게 정말 소중한 친구다. 지금은 결혼을 하고 행복한 가정을 꾸려 살고 있다. 매일이 행복하고, 사랑으로 가득한 삶을 살았으면 좋겠다.

인지라는 친구는 어릴 때 마주친 사이인데, 성인이

되며 고려대학교에서 다시 만나게 되어, 친해지게 됐다. 인지는 골프선수이다. 어릴 때 내가 골프선수 시절, 말레이시아로 전지훈련을 떠났을 때, 우리 아카데미에서는 나 혼자만 여자선수, 인지네 아카데미에서는 인지만 여자선수로 오게 되었다.

그렇게 만난 인연인데 그곳에서 우리는 룸메이트가 되었다. 초등학교 6학년이었다. 사실 그때의 기억은 많이 나지 않는다. 누워서 자려고 하는데 천장에 지나가는 도마뱀을 보고 난리가 났었던 그 순간? 말고는 인지와의 기억은 많이 없다. 그렇게 우리는 전지훈련이 끝나고 각자의 길을 걷게 되었다.

인지는 성인이 되어 우리나라를 빛내는 멋진 골프선수가 되었고, 나는 인지가 뉴스나 미디어에 나올 때마다 응원하곤 했다. 나는 축구선수로 고려대학교에 입학했고, 인지도 골프선수로 고려대학교에 입학했다. 그 사실을 알고 학교에서 언젠간 마주치긴 하겠다,라는 생각을 하고 있었다.

일 년에 한 번 고려대학교와 연세대학교가 라이벌 경쟁을 하는 '고연전'이 열린다. 축구, 농구, 야구, 럭

비, 아이스하키 이렇게 5개의 종목으로 연세대학교와 겨루게 된다. 양팀의 선수, 스태프 모두 전국대회보다 이 행사에 더 치중하여 준비를 하기 때문에 학교 행사 중 가장 큰 행사라고 해도 과언이 아니다.

어느 날, 고연전에 농구 경기를 보러 갔을 때였다. 인지도 그날 경기를 보러 왔다. 인지는 어김없이 사람들에게 둘러싸여 사진을 찍고 있었다. 이전에도 언급했듯이 나는 낯을 많이 가리고 먼저 말을 걸기 어려워하는 성격이었다. 화장실에 갔다가 돌아오는데 인지가 혼자 있었다. 나도 모르게 반가운 마음에 그 쪽으로 가서 말을 걸었다.

"인지야, 안녕? 나 기억나? 말레이시아 전지훈련!"

"예진이?? 대박! 아직도 공 쳐?"

"아니!! 나는 이제 공 차!"

이렇게 우리는 인연이 되어 연락처를 주고 받고, 사적으로 만나 인연을 이어가게 되었다. 그렇게 말을 걸게 된 것도 신기하고, 인지가 나를 기억하는 것도 신기했다. 나중에 알고 보니 내가 어릴 때 얼굴과 똑같이 생겨서 기억을 못할 수가 없었다고 했다. 하하!

인지는 정말 멋진 어른이 되어 있었다. 미디어에 비춰지는 모습으로도, 인간적으로도 멋진 사람이었다. 인지는 배울 점이 많은 친구다. 어려운 상황도 많았고, 포기하고 싶을 때가 많음에도 꿋꿋하게 자리를 지켜 최정상에 오른 친구다. 자신의 분야에서 최선을 다하는 모습이 정말 멋지다고 생각한다. 거기서 성과까지 이뤘으니 더욱 멋지다고 생각한다. 그리고 인지가 정말 멋지다고 생각한 건, 훌륭한 선수가 됐음에도 자만하지 않고, 겸손하다. 그건 쉬운 일이 아니다.

하지만 그 안에 아픔, 힘듦, 고충도 있다. 그 부분들을 어떻게 이겨내는지 이제는 10년 가까이 보고 있는데, 힘들어하고 이겨내는 과정들을 응원하고, 같이 고민해 주고 있다. 서로 힘든 일이나 고민이 있을 때, 진지하게 생각하고, 어떻게 헤쳐나갈지를 도와준다. 우리는 서로에게 힘이 되어 주는 친구라고 생각한다.

나에게는 이렇게 좋은 친구가 두 명이 있다.

그리고 나이가 같은 친구는 아니어도, 나를 아껴주고, 내 인생의 한 부분을 차지하는 소중한 동생들, 언니들도 있다. 그렇다면 진짜 친구는 어떻게 정의할 수 있을까? 연락 빈도? 만나는 횟수? 말이 잘 통하는 사람? 아마 이런 여러 가지 요소들이 적절히 조화를 이루었을 때, 진정한 친구라고 할 수 있을 것 같다.

친구라는 기준은 정해져 있는 게 아니라, 내 기준에서 스스로 정하는 것이라고 생각한다. 내 기준에서의 진정한 친구는 좋은 일이 생겼을 때는 본인 일처럼 기뻐해 주고, 축하해 주며, 나쁜 일이 생겼을 때는 본인 일처럼 아파해 주고 속상해해 주는 그런 친구, 서로의 약점을 알고 있더라도 지지해 주고, 곁에 있어 주면서, 서로의 말을 귀담아 들어주는 친구, 혹은 머릿속으로 떠올렸을 때 마음이 따뜻해지고 편안해지는 사람이 진정한 친구가 아닐까.

어린 시절에는 쉬는 시간에 화장실 갈 때도 같이 가고, 학교가 끝나고 돌아가는 길도 함께 가야 하는 실과 바늘 같은 게 친구였다. 지금 우리는 각자의 삶에 녹아 들어, 각자의 가정, 각자의 일 속에서 살아가고 있다. 하지만 바쁜 일상 속 지금 바로 떠오르는 마음 한 칸의 방에 자리 잡고 있는 친구를 떠올려보자.

오랜만에 연락해도 어색하거나 불편하지 않은 진짜 친구 한 명만 있어도 성공한 삶이라면, 나는 잘 살았다. 나도 그들에게 좋은 친구가 되어 주고 싶다.

오랜만에 친구에게 안부 연락을 해보는 건 어떨까? 생각지도 못한 연락을 받으면 기분이 좋다. 이 글을 읽었으니, 살면서 내가 만나서 참 다행이라고 생각되는 친구에게 연락해 보자. 잘 지내는지, 무슨 일은 없는지, 밥은 먹었는지, 사소한 것이라도 좋다.

 말 한 마디가 인생을 바꿀 수 있다

말이 칼보다 무섭다는 말이 있다. 그 정도로 말 한 마디가 누군가의 인생을 뒤흔들어 놓을 수도, 일으켜 세울 수도 있다는 뜻이다. 나의 목표는 선한 영향력 있는 사람이 되는 것이다.

SNS를 병행하며 트레이너 생활을 하고 있다 보니 메시지도 많이 받고, 여러 에피소드들도 많이 있다. 내가 SNS로 사람들과 소통하면서 있었던 일이다. 나를 어떤 방향으로, 어떤 캐릭터로 끌고 갈지, 나를 어떻게 표현할지 등에 대한 고민이 많았던 시기가 있었다.

그때 나에게 어떤 분이 메시지를 보내셨다. 그 메시지의 내용은 본인이 이혼하고, 아파서 응급실도 다녀오고, 신체적으로 정신적으로 많이 힘들었을 때, 내가 올린 운동을 하면서 운동에 재미를 느끼게 되었다는 내용이 적혀 있었고, 나 자신을 사랑하는 법을 알게 됐다고 했다. 이 운동을 계기로 건강하게 살고 싶어졌다는 생각을 처음 했다는 말을 하셨다. 그러면서, 본인에게 운동을 함에 있어 시작은 예진 쌤이라고, 이 말을 쓰다가 지우다가를 반복하다가 본인 같은 사람에게 이런 기회를 줘서 감사하다며 이렇게라도 전한다는 메시지였다.

이 메시지는 내가 SNS를 시작하고 받은 수많은 메시지들 중 가장 처음으로 받은 감동적인 메시지였다. 4년 전 받은 이 메시지를 나는 아직도 즐겨찾기 목록에 넣어 두고 가끔 찾아 본다. 이 메시지는 내가 하던 고민에 바로 답을 주었다. 내가 어떤 방향으로, 어떤 캐릭터로 가느냐가 문제가 아니라 내 운동이, 내 위로의 말들이, 응원의 말들이 어떻게 하면 고스란히 전달될 수 있을지를 고민해야 한다는 것을. 어떻게 내 진심을 전할지만 고민하면 된다는 것을 말이다.

한 번도 얼굴을 본 적 없는 사람의 말 한마디가 내 삶에 동기부여가 되고 또 한 번의 터닝포인트가 되었다. 나는 그때 알았다. 내가 쓴 글로 인해, 내가 뱉은 말로 인해 누군가에게 동기부여가 되고, 힘이 되고, 어떠한 것의 시발점이 될 수 있다면, 그게 바로 내가 원하는 삶인 것 같다는 것을.

꼭 나이가 많고, 지위가 높고, 돈이 많고, 직급이 높아야만 영향력 있는 사람이 될 수 있는 건 아니라고 생각한다. 내가 소속된 곳에서 넓은 지식을 갖고 있는 전문가가 되고, 누구보다 부족하지 않을 만큼 공부하면서 깊은 지식과 경험을 쌓으면, 그리고 무엇보다 공감하고, 누군가에게 힘이 되고, 누군가의 생각을 바꿀 수 있는 능력이 된다면 그게 바로 영향력 있는 사람이 아닐까,라는 생각이다. 나와 나누는 대화로, 나와 함께하는 어떠한 행동으로 누군가의 삶에 동기부여가 되고, 힘이 되고, 생각이 긍정적인 방향으로 바뀌었다면 나는 성공한 삶을 살고 있는 거라고 생각한다. 나는 그런 사람이 되고 싶다.

누가 나에게 물었다. 트레이너를 하는 이유가 무엇이냐고. 우선, 내 가르침으로 인해서 누군가가 건강해진다는 것, 누군가의 건강을 지켜줄 수 있다는 것이 정말 매력적인 직업이라고 생각한다. 단순히 건강뿐 아니라 운동을 하면서 살도 빠지고, 멋있어지는 자신을 보며 자존감이 높아지면서 스스로를 사랑할 수 있는 법을 가르쳐 줄 수 있다는 것, 그리고 본인이 얼마나 사랑스럽고 멋진 사람인지를 알려줄 수 있다는 게 정말 행복한 직업이라고 생각한다. 난 앞으로도 많은 사람들에게 스스로를 사랑하는 방법을 알려주고, 본인이 얼마나 멋진 사람인지를 깨닫게 해주고 싶다. 그러기 위해서 나부터가 멋진 사람으로 살아갈 것이다.

세상에 불필요한 사람은 없다. 세상에 잘못 태어난 사람도 없다. 나 스스로 내 존재를 부정하고 인정하지 않으면 삶이 너무 힘들어진다. 오늘 나에게 칭찬해 주자. 나 오늘 너무 잘살았다. 나 너무 잘하고 있다. 앞으로도 나는 잘할 수 있다. 잘 살고 있다.

닮고 싶고 배우고 싶은 사람

내 삶에서 빼놓을 수 없는 사람, 우리 할아버지다. 나는 엄마의 아버지, 즉 우리 외할아버지와 함께 우리 집에서 같이 살고 있다. 할아버지는 어린 시절에 6.25 전쟁을 겪으셨고, 현재는 80대 중반이시다. 외할아버지는 우리 가정에서 전봇대 같은 역할을 하고 계신다. 아무리 고쳐도 안 되는 걸 할아버지에게 부탁드리면 할아버지는 뚝딱뚝딱 바로 고치시고, 해결해 주신다. 우리에게는 할아버지가 만능 해결사이다.

할아버지는 정말 부지런하시다. 그리고 몸관리를 정말 철저하게 하신다. 어린시절에도 할아버지와 함께 살았었는데, 그 당시 할아버지의 일상이 생생하게 기억이 난다. 아침에 일찍 일어나셔서 아침식사 후 인삼차를 마시고 일을 가셨고, 군것질은 일절 안 하시며, 매일 주무시기 전에는 할아버지만의 운동 동작이 있으신데 그 동작을 꼭 100개씩 하고 주무셨다. 어린 나도 할아버지 옆에서 따라 했던 기억이 난다. 그때는 할아버지가 대단하다고 느끼지 못했는데 어른이 되고 나서 그때의 할아버지를 떠올리면 매일같이 그 패턴으로 사신다는 게 정말 대단하다고 생각이 든다.

그로부터 20년이 지난 지금도 할아버지는 변함이 없으시다.

지금 할아버지의 하루 스케줄을 나열해 보자면, 아침 4시에 일어나셔서 아침식사 후 운동을 나가신다. 차를 타고 30분 거리의 파크골프장에 가셔서 3~4시간 걸으시며 운동을 하신다. 그리고 바로 엄마가 운영하는 가게로 가서서 가게 오픈 준비를 마쳐 놓으신다. 가게에서 2~3시간 일을 하시면 엄마가 가게에 도착한다. 그러면 점심식사를 하시고 집으로 돌아오신다. 집에 오시면 잠깐 낮잠을 주무시고, 집안일을 하신다.

저녁식사 후 뉴스를 보시다가 잠을 주무시는 게 할아버지의 하루 일과이다.

할아버지는 조금 살이 찌는 것 같거나, 몸이 무거워지시면 밥을 반 공기만 드신다. 정말 내가 트레이너를 하지만 이렇게 몸 관리 하는 게 쉬운 게 아닌데, 아무리 우리 할아버지지만 정말 존경스럽다. 배워야 할 점이 한두 가지가 아니다.

살이 찌면 식단 관리를 하고, 몸이 무거우면 운동을 하고, 피곤해도 내가 주어진 스케줄은 해내고, 이런 게 당연한 거지만 막상 실천하기에는 어려운 건데, 그 어려운 걸 할아버지는 매일 하고 계신다.

나이에 비해 정말 대단한 스케줄을 소화해 내고 계신 거다. 지금 우리 집안은 할아버지가 안 계시면 돌아가지 않을 정도로 정말 큰 비중을 차지하고 계신다. 더 잘해 드려야지, 효도해야지, 매일 생각하면서도 맘처럼 쉽지 않다. 이 책을 빌어 항상 존경하고 사랑한다고 말하고 싶다. 나도 할아버지처럼 멋진 어른이 되고 싶다.

비밀은 없다

나는 어떤 비밀이나 고민을 이야기하는 것을 좋아하지 않는다. 내가 말하면 풀릴 것 같고, 말하고 싶은 고민거리들은 말하게 되면 이게 어딘가에는 퍼져나갈 것이라는 전제하에 이야기한다. 앞에서 남의 뒷이야기를 하는 것도 마찬가지다. 그 뒷말이 그 사람 귀에 들어갈 수 있다는 전제하에 신중하게 고민하고 입밖으로 뱉는 게 좋다. 믿고 고민을 이야기하고, 내 비밀을 이야기했던 일들이 나중에 내 약점이 되어 돌아올 수 있다. 그래서 나는 내 약점이 되어 돌아올 여지가 조금이라도 있는 이야기는 하지 않는다.

내가 뱉은 말이 나에게 비수가 되어 돌아올 수 있다는 사실을 간과하지 말자.

이것만이라도 지키자! 삶의 질이 달라진다

이 책을 읽는 사람들 중 다이어트나 운동에 관심이 많은 사람이 다수일 것이다.

매일 실천한다면 삶의 질이 달라지는 것들에 대해 설명해 보려 한다. 어떻게 보면 간단하고, 너무 당연한 것이라고 생각할 수 있지만, 귀찮아서, 피곤해서 그냥 지나쳤던 것일지도 모르니 오늘부터는 메모장에 적어 두고 실천해 보자. 너무 무기력하거나, 삶이 재미 없거나, 지금 내 삶에 어떤 변화를 주고 싶은 사람들에게도 한 번 더 리마인드할 수 있는 계기가 됐음 좋겠다.

1. 아침에 일어나면 물을 마시자 (이때 유산균도 함께 먹으면 좋다.)

아침에 일어나면 자동으로 정수기나 냉장고 앞으로 가서 물을 마시는 사람들이 많다. 하지만 좋다는 걸 알고 있으면서도 습관이 되지 않아서 하지 못하는 사람도 많다. 기상 직후 마시는 물은 생명수라는 말이 있을 정도로 이것은 정말 중요하다.

우리가 수면을 할 때에는 신체는 수분을 공급받지 못한다. 하지만 우리는 자면서도 땀을 흘리거나 호흡을 하면서 몸 속에 있는 수분을 계속해서 내보낸다. 아침에 일어나면 입안이 마른 느낌이 들거나, 소변을 봤을 때 진한 노란색인 경우가 많은 사람들이 있을 것이다. 이런 사람들은 자는 동안 수분이 부족해졌기 때문일 확률이 높다. 다이어트에 관심이 많은 사람들이라면 솔깃할 텐데, 이 습관은 체중 감량에도 효과가 있다.

미국립보건원(NIH)에 따르면 아침에 마시는 물 한 잔은 신진대사가 30% 증가하는 것으로 나타났다고 한다. 우리 다이어터들에게는 솔깃한 이야기가 아닐

수 없다. 아침에 마시는 물은 차가운 물보다는 미지근한 물이 좋다.

2. 하루에 한 번은 꼭 샤워를 하자.

이건 많은 사람들이 당연하게 생각하며 지키고 있는 수칙이지만, 내가 너무 귀찮은 날, 그냥 자버리고 싶은 날은 샤워를 하지 않고 그냥 자는 경우도 많다. 그래서 나는 하루에 한 번 샤워를 하는 것은 무조건 지키라고 말하고 싶다.

아침에 샤워를 하는 사람도 있고, 밤에 샤워를 하는 사람도 있고, 아침 저녁 두 번 다 하는 사람도 있다. 나는 운동을 자주 하기 때문에 여러 번 샤워할 때도 있지만, 자기 전에는 꼭 샤워를 하고 자려고 한다. 샤워기를 틀고 정수리부터 발까지 물이 타고 내려올 땐, 하루의 피로가 같이 씻겨 내려가는 기분이다. 그리고 샤워하며 오늘 하루를 되돌아본다. 너무 피곤한 날에는 욕조에 물을 받고 반신욕을 한다.

나에게는 자기 전 목욕하는 시간이 하루를 마무리하며 돌아볼 수 있는 소중한 시간이다. 오늘 잘살았다고 스스로 칭찬해 주는 시간이다. 아침에 샤워를 할 때는 하루의 시작을 열며 오늘 하루를 응원해 주는 개운함으로 시작할 수 있다. 반면에 잘 씻지 않으면 사람이 무기력해질 확률이 높다.

3. 하루에 세 끼를 다 챙겨 먹지 않아도 된다. 하루 두 끼, 시간 맞춰 챙겨 먹자.

다이어트를 할 때 중요한 것으로 먹는 걸 참는 것도 있지만, 먹기 싫어도 챙겨 먹어야 하는 것도 있다. 많이들 하는 말 중, '하루에 세 끼 꼬박꼬박 챙겨 먹기'가 있다. 나는 개인적으로 하루에 세 끼를 챙겨 먹을 필요는 없다고 생각한다. 하지만 한 끼만 먹는 건 완전 비추한다. 그것은 몸을 상하게 하는 지름길이다. 물론 세 끼를 챙겨 먹는 것이 가장 좋기는 하다. 하지만 세 끼를 다 챙겨 먹을 부담감에 오히려 타이밍을 놓치면 먹지 않게 되고, 굶으면 이후에 폭식으로 이어지는 경우가 많다.

그래서 나는 하루에 두 끼만 잘 챙겨 먹어도 성공적이라고 생각한다. 단, 폭식하지 않는다는 전제하에 두 끼만 먹는 것이다. 만약 내가 저녁에 야식이 생각나고 중간중간 자꾸 간식이 먹고 싶은 사람들은 귀찮고 입맛이 없더라도 세 끼를 다 챙겨 먹는 것을 추천한다.

여기서 하나 더 팁을 주자면, 아침을 챙겨 먹는 사람이든, 점심부터 먹는 사람이든 처음 입으로 들어가는 영양소가 단백질이면 같은 음식을 먹어도, 같은 운동을 해도 하루 동안 칼로리가 더 잘 탄다. 예를 들어 내가 첫 끼를 먹어야 하는데 달걀과 고구마가 있다면, 달걀만 먹거나, 달걀을 먼저 먹고 고구마를 먹는 것을 추천한다.

세 끼를 먹든, 두 끼를 먹든 쉽지는 않겠지만, 일정한 시간에 맞춰 식사하는 것을 추천한다. 하지만, 하루에 한 끼만 먹는 식단은 가장 좋지 않은 식단이다. 요요가 올 수 있고, 몸 안의 장기들에게도 좋지 않은 영향을 끼친다. 내 몸은 내가 아껴 줘야 한다.

4. 하루에 30분이라도 시간을 내서 몸에 투자하자.

어려운 운동을 하라는 말이 아니다. 물론 체계적인 운동을 하면 가장 좋겠지만, 바쁜 일상에서 시간을 내고 어딘가로 가서 운동한다는 건 쉽지 않을 수 있다. 그래서 나는 이런 사람들에게 한 번에 하지 않아도 되니, 하루 동안 틈틈이 30분이라도 움직이는 것을 추천한다. 일어나서 10분짜리 스트레칭을 하거나, 스쿼트 20개를 하거나, 기지개를 켜거나... 요즘 SNS에만 봐도 짧은 시간에 할 수 있는 운동들이 많이 있다. 다이어트나 운동을 하기에 정보들이 넘쳐난다. 화장실 갈 때 스쿼트 10개 하기, 냉장고 열 때 스쿼트 10개 하기, 의자에서 일어날 때 기지개 켜기 등 나만의 운동규칙을 3가지 정도 만드는 것도 좋다. 일상 생활에서 하는 운동을 무시할 순 있지만, 그렇게 움직이는 것만으로도 내 몸은 알고 있다. 내가 내 몸을 위해 시간을 투자한다는 것을. 몸은 절대 거짓말하지 않는다.

5. 하루에 10분 명상을 하자.

머리맡에 휴대폰을 두고 잘 정도로 전자기기와 24시간을 함께 하고 있는 현대인들에게 하루 10분 정도의 휴식시간은 꼭 필요하다. 잠깐 모든 전자기기를 내려놓고 10분, 아니, 5분이라도 앉아서 눈을 감고 시간을 가져 보자. 눕는 것보다는 앉아서 하는 것을 추천한다. 잔잔한 음악을 틀어 놓아도 좋고, 아무것도 들리지 않는 상태에서 하는 것도 좋다. 하지만 가사가 있거나 신나는 음악은 추천하지 않는다. 복잡한 생각은 하지 말고, 최대한 아무 생각도 하지 않으면서 몸과 마음에 10분간 휴식 시간을 주자.

요즘 인터넷에 찾아보면 명상하는 방법들도 많이 나와 있다. 그대로 하지 않아도 된다. 그냥 잠시 전자기기를 끄고 혼자 조용한 곳에서 나만의 시간을 10분 동안 갖는 것을 추천한다. 나도 매일 시도하고 있는 것 중 하나인데 너무 어렵다. 휴대폰이나 노트북을 켜지 않고 10분간 눈을 감고 있다는 게 쉬운 것 같지만 아직도 나는 어렵다. 하지만 성공했을 땐 확실히 마음이 차분해지고, 여유가 생긴다.

이 다섯 가지 중 다섯 개 다 실천하고 있는 사람이 있을 테고, 하나도 실천하고 있지 않은 사람도 있고, 한두 개 정도 실천하고 있는 사람들도 있을 것이다. 이중 하나를 골라서 앞으로 한 달 동안 실천해 보자.

몸이 달라지는 것을 느낄 수 있을 것이다. 그리고 놀랍게도 삶의 질이 달라져 있을 것이다.

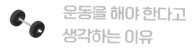

운동을 해야 한다고
생각하는 이유

이런 질문이 유행했을 때가 있다. 돈, 명예, 건강, 사랑. 이 네 가지 중 본인에게 가장 중요한 것은? 나도 내 SNS에 이 질문을 올린 적이 있다. 그때 이 질문들의 대답은 생각보다 박빙의 결과를 가져왔었다. 결과는 1위가 건강, 2위는 돈, 3위는 사랑, 4위가 명예를 차지했다. 아, 이 결과는 내 SNS에서 진행한 투표 결과 내용이며, 나를 팔로잉하고 계신 분들을 대상으로 이루어진 투표이다.

사실 나는 건강이 압도적으로 높은 비중을 차지할 것이라고 생각했다. 하지만 1, 2위 차이는 근소한 차이가 나면서 의외의 결과가 나온 것이었다.

물론 살면서 돈도 필요한 게 맞다. 하지만 아무리 억만장자라도 건강하지 못하면 그 돈을 다 쓰지도 못하게 될 수도 있다. 건강하고, 내가 해야 할 일을 계속 할 수 있고, 내가 정말 하고 싶은 일을 계속 할 만큼의 체력은 가지고 있어야 한다고 생각한다.

내가 정말 밤낮 구분 없이 매일 열심히 일을 하고, 쉼없이 달려서, 목표를 위해 한 계단, 한 계단 밟고 있는 사람이라 할지라도, 내가 그걸 버텨내지 못하는 순간 그 쌓아온 커리어들을 발휘해 보지도 못한다. 내가 열심히 달려온, 열심히 밟아온 계단들을 감당할 수 없는 건강 상태가 된다면, 목표 지점에 도착했다고 해도 즐기지도, 누리지도 못할 수도 있다. 너무 무섭게 이야기하는 것 아니냐는 사람들도 있다. 하지만 그게 맞다. 건강을 잃는다는 것, 그건 정말 무엇보다 무서운 일이다.

우리 센터에 운동하러 오시는 분들, 그리고 팔로워

분들 중 아이 엄마인 분도 많이 계신다. 운동을 하고 가실 때 땀에 흠뻑 젖은 모습이지만, 그분들의 표정은 누구보다 밝고, 개운해 보인다. 일주일에 한 번 여기 오는 날이 가장 기다려지고, 행복한 순간이라고 말해 주시는 분들도 계신다. 운동을 하게 되면서 육아도 수월해지셨다고 했다. 처음에 운동을 시작하면 피곤하고, 근육통 때문에 움직이기도 힘들고, 아이들과 놀아줘야 하는데 졸리고 그래서 운동을 기피하기만 하다가, 정말 이대로는 안 되겠다 싶어서 운동을 시작한 수강생이었다. 제대로 마음먹고 운동을 시작해 보니까 살도 빠지고 건강해지는 것은 물론이고, 기분 탓인지도 모르겠지만 아이들도 더 밝아 보이고 육아 스트레스도 줄어들었다는 것이다.

나는 근데 이게 기분 탓이 아니라고 생각한다. 운동을 하면서 단순히 체력이 좋아지고, 힘이 강해지고, 날씬해지는 것만은 아니다. 운동을 하게 되면, 심적으로도 여유가 생긴다. 마음이 안정된다는 건, 정말 무시 못할 대단한 부분이다. 이런 것을 아이들도 똑같이 느낄 것이다. 엄마의 마음에 안정이 찾아왔다는 걸,

아이들도 분명 느낄 것이다. 운동을 하면서 살도 빠지고, 건강해지고, 체력이 좋아지고, 자존감도 올라가게 되면, 부정적이었던 사람이 긍정적으로 바뀌는 경우도 많다. 그러다 보면 아이들을 대하는 엄마의 모습도 달라진다. 부드러우면서도 강한 카리스마를 가진 엄마가 될 수 있다. 운동을 하게 되면 몸도 마음도 건강해지고, 아이들에게도 멋진 엄마가 될 수 있다.

우리를 만나게 되면 맨 처음 자기 소개하는 시간이 있다. 이름, 나이, 사는 곳, 여기 오게 된 이유에 대해서 수강생들끼리 대화를 나눈다. 이때 "멋진 엄마가 되기 위해서, 좋은 엄마가 되고 싶어서 오게 되었습니다."라고 말씀하시는 분들이 적지 않다. 나는 좋은 엄마가 되기 위해서 운동을 선택한 그들에게 정말 큰 박수를 쳐주고 싶다. 아이들을 위해 내가 건강해지기로 결심한 것, 그게 바로 아이들을 위한 일이다.

비록 육아에 빗대어 말하긴 했지만, 육아뿐 아니라, 직장생활, 취미활동 등 내가 하고 싶은, 해야 하는 것들을 위해서는 그것을 버텨낼 체력이 필요하다. 내 몸을 위해 하루에 30분이라도 투자하자. 누워서 스마트폰 30분 하는 시간 조금만 빼서 일어나서 움직여 보자. 그렇게 쌓은 30분들이 모여 내 삶의 질을 바꿔줄 것이다.

내 몸의 소리를
들어 보자

　다이어트로, 혹은 건강 문제로 상담을 하러 오시는 분들께 내가 많이 하는 말들이 있다. 가족도 중요하고, 누군가를 챙기는 일도 중요하지만 언제나 나 자신이 1번이라는 거 잊지 말아 달라는 말이다. 나를 한 번만 보살펴 주세요, 내 몸이 어떤 말을 하고 있는지 한 번만 귀 기울여 주세요. 지금 내 몸이 살려달라고 하진 않는지, 내 몸이 너무 힘들다고 하고 있진 않은지, 나의 건강 상태에도 관심을 가져 주세요,라는 말을 정말 자주 한다.

아이를 키우다 보면, 육아로 인해 내 몸을 보살필 시간이 없고, 도저히 시간이 나지도 않고, 그러다 보면 아이, 가족이 남긴 음식을 아까워서 먹게 되는 경우가 많다. 누군가가 먹다 남은 음식을 잔반 처리하듯 먹는 게 아니라, 나의 건강을 위한 식단을 만들어 보는 것을 추천한다. 물론 시간적 여유가 없다는 것을 안다. 하지만 조금만 시간을 내서 그렇게 해 본다면, 그 노력이 조금도 아깝지 않은 결과가 분명 나올 것이다.

내 몸은 쓰레기통이 아니다. 남은 음식이 아까워서 내 뱃속에 넣어 버리지 않았으면 좋겠다. 나는 정말 소중하고 귀한 존재인데 왜 남이 먹다 남은 음식들을 아깝다고 먹어 버리느냐 이 말이다. 내 몸은 나를 위해 열심히 버텨 주고 있으니 남은 음식을 집어 넣는 행동은 하지 않도록 해야 한다.

내 몸은 절대 거짓말을 하지 않는다. 내가 내 몸에게 하는 만큼 몸도 대답해 준다. 내 몸에게 투자하면 그만큼 몸은 건강과, 멋진 몸으로 보답해 줄 것이다. 조금 냉정하게 생각해야 한다. 내 몸은 분명 신호를 준다. 나 지금 어디가 안 좋다고, 몸이 아프다고 신호를 보낸다. 그 신호를 무시하는 건 바로 나다.

몸의 소리를 들어 보자. 내 몸은 내가 챙기지 않으면 아무도 챙겨 주지 않는다. 내가 건강해야 주변 사람도 챙길 수 있고, 모두가 행복해질 수 있다는 걸 잊지 말자. 나는 정말 소중한 사람이다.

마음이 따뜻해지는
배려

 생일이 다가오면 어떤 생일선물을 갖고 싶은지 서로 물어보곤 한다. 하지만 나는 어떤 생일선물을 갖고 싶은지 잘 물어보지 않는다. 나는 생일이든, 기념일이든 선물을 받는 사람을 생각하며 준비하는 과정에서 재미를 느끼고, 행복감도 느낀다. 그래서 선물을 준비하고, 주는 행위가 너무 즐겁다. '내가 이만큼 줬으니 상대방도 이만큼 하겠지'라는 생각을 가지고 있다면 선물을 줄 때, 받을 때 나도 모르게 스트레스가 생길 것이다. 선물을 주는 것 외에도 내가 어떤 선의를 베풀 때는 조건이 없어야 진정한 베풂이다. 바라는 것이 있는 베풂은 행복하지 않다.

본인이 사용하던 물건, 혹은 필요하지 않은 물건을 이웃에게 파는 시스템도 많은 사람들이 이용한다. 이 시스템을 악용하지 않는다면 이 안에서 따뜻함도 느낄 수 있고, 새로운 감동도 얻을 수 있다. 누군가에게는 필요하지 않은 물건이 또 다른 누군가에게는 정말 필요한 물건일 수도 있고, 그렇게 주고받는 과정에서 감동을 느끼기도 한다.

나도 실제로 내가 다 읽은 책과 사용하지 않는 액세서리를 나눔으로 올린 적이 있는데 그걸 받은 이웃이 정말 고마워하고 행복해했다. 그리고 나도 필요한 물건을 이웃에게 나눔 받은 적이 있다. 길을 가다가 힘든, 어려운 타인을 발견한다면 도움을 주는 것 또한 주는 베풂이라고 생각한다. 내가 가진 능력 안에서 누군가를 도울 수 있다는 것, 그건 정말 감사하고 축복받은 일이다.

실제로 영국 옥스퍼드 대학교에서는 다른 이에게

친절을 베풀면 행복해지는 것에 대한 실험 결과 다른 사람에게 친절을 베푸는 행동은 우리 삶의 행복에 영향을 미친다는 것을 확인할 수 있었다. 로또에 당첨되면, 혹은 부자가 되면 베풀며 살아야지,라는 막연한 생각을 하는 것보다는 작은 것이라도 지금 시작해 보면 어떨까. 굳이 그것을 미룰 필요가 없다. 돈이 아니더라도, 정신적으로도 충분히 베풀 수 있다.

유기견 보호소에 봉사를 다녀온 적이 있다. 정말 거기 있는 아이들을 다 집으로 데려오고 싶은 마음이 들 만큼 사랑스러운 강아지들이 많이 있었다. 아이들을 위해 뭔가 도움이 됐다고 생각하니 며칠 동안 마음이 따뜻했다.

나는 운동을 많이 해서, 가진 게 힘이다. 그래서 겨울에는 연탄 봉사를 가기도 했다. 할머니 할아버지가 계시는 집집마다 오르막을 올라서 연탄을 옮겼다. 등에 연탄을 잔뜩 메고 올라갈 때는 정말 끝이 보이지 않고 아득하지만, 도착했을 때 고맙다 하시고 덕분에 따뜻한 겨울을 보낼 수 있다면서 따뜻한 차를 만들어 주시는 할머니 할아버지들을 만나면 정말 언제 힘들었냐는 듯이 힘이 충전된다. 그렇게 차를 마시고 다시 내려가서 새로운 집을 향해 연탄을 나른다.

베푸는 건 어렵지 않다. 무거운 짐을 들고 가는 어르신의 무거운 짐을 몇 걸음이라도 함께 걸으며 들어주는 것, 뒷사람을 위해 닫히는 문을 잡아주는 것, 지하철이나 버스에서 자리를 양보하는 것 등 이런 사소한 배려가 나와 타인, 모두의 행복으로 다가올 수 있다. 한 번에 너무 큰 것부터 하려고 하면 부담스럽고, 오래 지속하지 못한다. 뭐든 벼락치기는 금방 잊어버리고, 신체적으로도, 정신적으로도 힘든 법이다. 한 걸음 한 걸음씩 삶에 녹아들었을 때, 그때 비로소 내 마음이 따뜻해지는 베풂을 만날 수 있다.

열정적인 중재자

MBTI 성격유형분석이 유행이다. 유행으로 자리잡은 지 꽤 되었는데, 아직도 사그라들지 않고 있다. 아예 우리 일상에 자리 잡았는지도 모른다. 새로운 사람을 만나면 "MBTI가 뭐야?"라는 질문을 필수 질문으로 하기도 한다. 그리고 이제는 면접을 볼 때도 MBTI를 물어보고, 애초에 사원을 모집할 때 유형별로 '이 MBTI는 지원하지 말라'는 문구도 찾아볼 수 있다. 이런 유형을 가진 사람이라면 우리 회사와는 맞지 않겠다,라고 판단하여 면접도 보기 전에 그런 조건을 내건 것이다.

MBTI가 유행하기 전에는 혈액형이 뭔지 물어보면서 A형의 성격은 어떻고, B형의 성격은 어떻고 이런저런 대화를 나눴던 기억이 난다.

MBTI는 단순히 혈액의 유형이 아니라, 100개 정도의 질문을 통해 성격을 세세히 분석한다. 그래서 혈액형보다 더 신빙성이 있어, 사람들이 이토록 열광하는 게 아닌가 싶다. 사실 100% 신뢰할 수 있는 자료는 아니다. 검사를 할 때마다 매번 다르게 나오는 사람도 있고, 그날의 기분에 따라서 선택하는 대답이 달라질 수 있기 때문에 단순히 이 MBTI 결과가 나를 정의한다고는 말할 수 없다. 하지만 사람들의 관심을 끌기에는 충분히 자극적이고 재미있는 요소인 것은 맞다고 생각한다.

나도 MBTI에 관심이 많다. 우리 크루는 네 명으로 구성이 되어 있는데, 네 명이 다 MBTI가 다르다. 나는 ESTJ, 주원 언니는 ENFP, 혜민 언니는 INFP, 정원 언니는 ISFJ로 모두가 각기 다른 성격을 가지고 있다. MBTI가 다른 것처럼 우리 네 명은 실제로도 정말 다른 성격과 특징을 가지고 있다. 사람들은 정말 네 명의 캐릭터가 다 다른데 이렇게 잘 맞는 게 신기하다고 말한다.

우리 크루에서 나, 주원, 혜민 이렇게 세 명이 트레이너를 맡고 있다. 주원 언니와 나는 엄청난 하이텐션과 흥을 가지고 있다. 하지만 혜민 언니는 로우텐션이고 흥이라고는 찾아볼 수 없는 캐릭터이다. 주원 언니와 나는 관심 받는 걸 좋아하고, 시선 집중되는 것을 즐긴다. 혜민 언니도 관심 받는 걸 싫어하지는 않지만, 애써 관심 받으려고 하지 않고, 관심을 받더라도 큰 관심보다는 소소하고 조용한 관심을 좋아한다. 하지만 의도한 바와는 다르게 같이 다이어트 댄스 영상이나 신나는 영상을 찍으면 혜민 언니에게 시선이 집중된다. 혜민 언니는 시선 집중을 당하려고 하는 건 아닌데, 긴장한 모습, 둘에 비해 웃음기 없는 표정, 변함 없는 텐션, 일관된 표정으로 시선을 강탈한다. 사람들은 그런 혜민 언니의 모습을 귀엽게도 보고, 재밌게도 보고, 어쩔 땐 응원까지도 보내 준다. 댄스와는 거리가 먼 사람이 구독자 분들의 운동을 위해 이렇게까지 해주셔서 감사하다는 말도 종종 듣는다. 우스

갯소리로 주원 언니와 나는 댄스 영상을 찍을 때마다 "춤은 우리가 튀게 춰도 시선 집중은 또 혜민이한테 가겠다."라고 말한다.

혜민 언니의 MBTI는 INFP로, 열정적인 중재자의 성격 유형이다. 우리 네 명 중 정말 중요한, 말 그대로 열정적인 중재자 역할을 맡고 있다. 우리 내부에서 일어나는 일들, 외부의 요인으로 발생하는 모든 사건들은 대부분 혜민 언니가 해결해 준다. 예를 들어 나와 주원 언니의 의견이 달라서 좀처럼 해결이 되지 않을 때, 혜민 언니의 도움을 받아 해결한 적이 많다. 누구의 편에 치우쳐 생각하지 않고, 양측의 입장을 다 이해해 주면서 중재를 정말 잘 해준다. 그래서 두 사람이 모두 수용하여, 좋은 방향으로 해결할 수 있게 된다. 그리고 외부에서 발생하는 갈등도 언니가 나서서 깔끔하게 해결해 준다. 특유의 우직함과 단호함으로 조곤조곤하게 설명하면서 말이다.

언니는 별명 두 개를 가지고 있다. 하나는 이마반 선생님. 이마가 넓어서 얼굴의 반이 이마라는 뜻으로 이마반이다. 처음에는 마냥 웃기기만 했던 별명이었는데 이제는 그냥 혜민 언니도 본인 소개를 할 때 "안녕하세요, 이마반 쌤입니다."라고 소개한다. 어떤 분은 혜민 언니 이름은 모르시고 이마반 선생님이라고 하면 아~ 라고 하실 만큼 이제 언니의 캐릭터로 자리 잡았다. 그리고 또 하나의 별명은 엄.근.진.이다 엄하고, 근엄하고, 진지하다 라는 뜻이다. 정말 혜민 언니와 잘 어울리는 별명이다.

혜민 언니는 우리 크루에서 정말 중요한 역할을 맡고 있다. 눈에 띄는 캐릭터는 아니더라도 혜민 언니가 없다면, 우리 '삐약스핏'도 존재할 수 없다. 나도 이런 사람이 되고 싶다. 어딘가에 소속되었을 때, 내가 맡은 역할에 최선을 다하고, 내가 이 팀의 구성원으로 정말 필요한 사람이 되고 싶다.

예전 운동선수 시절, 인터뷰를 할 때 자주 받는 질문 중 하나가 "팀에 어떤 역할을 하고 싶나요?" "어떤 선수가 되고 싶나요?"라는 질문이었다. 이때 했던 내 대답은 한결 같았다. "어떤 역할이라고는 단정지어 말할 수는 없지만, 팀에 도움이 되는 사람이 되고 싶어요."였다.

난 언제나 내 팀을 자랑스럽게 생각하고, 그 팀에 소속되어 있다는 것에 자부심을 가지며 살았다. MBTI로 이야기해 보자면, 내 MBTI는 ESTJ로 엄격한 관리자라는 유형이다. 이 유형의 특징은 실제로 소속 집단에 철저히 충성하고, 조직의 이익을 위해서 어려운 결정이나 힘든 과제를 기꺼이 떠맡는다는 결과가 있다. 팀에서 내 에너지가 타인에게 전달되어 시너지를 발휘했을 때, 최고의 희열을 느낀다. 실제로 난 정말 그렇다. 그래서 내가 트레이너라는 직업에 행복을 느끼는지도 모르겠다. 내가 알려주는 운동, 내 위로의 말들로 누군가 힘을 받고, 다시 일어나고, 행복을 느낄 때, 그때 난 정말 행복하다. 그래서 이럴 때마다 또 다짐한다. 더 멋진 사람이 되어, 내 말이 더 큰 힘이 될 수 있게 만들어서 많은 사람들에게 힘이 되며 더 많은 도움을 주고, 더 큰 힘이 되어 주고 싶다.

누구에게나 기회는 온다

내 동생에 대한 이야기를 해보려고 한다. 우선 간단하게 설명하자면 나와는 두 살 차이가 나는 여동생이고, 나와 동생 둘 다 체대를 나왔다. 둘이 키도 비슷하고, 얼굴도 비슷하고, 덩치도 비슷하고, 좋아하는 것도 비슷하지만, 우리는 닮은 듯 안 닮은 듯 닮았다.

나는 어릴 때부터 욕심도 많고, 지는 걸 싫어해서 공부나 운동에 어떠한 목표가 생기면 무조건 달성을 해야 한다는 강박이 있었다. 하지만 동생은 어릴 때부터 그런 욕심도 없었고, 관심도 없었고, 무난하게 친구들과 잘 지내며 살아왔다. 그래서 어린 시절, 동생과 나는 비교 대상이었다. 학창시절 받은 상장을 파일에 모아 둔 게 있는데, 나는 글짓기상, 성적상, 경시대회상 등 큰 파일이 2개가 꽉 찬다. 그런데 동생이 받은 상장이라곤 피구대회 상장, 개근상 이런 것밖에 없었다. "언니는 공부도 잘하는데 너는 뭐하니?" "언니는 수영대회에서 1등 했는데 너는 뭐하니?" 주변 사람들은 나와 동생을 비교하는 말을 자주 했다. 나는 가끔 그런 말을 하는 사람들에게 왜 말을 그렇게 하냐고 말을 하곤 했지만, 내 동생은 그 말에도 관심이 없었고, 자기 갈 길을 즐겁게 걸어갔다.

그 비교는 초,중,고를 거쳐 성인이 되면서까지 계속되었다. 동생은 수능을 망쳐 원하던 대학과는 거리가 먼 대학교를 가게 되었다. 그렇게 은근한 비교를 당하며 20년을 넘게 지내왔다. 하지만 동생은 "응~ 우리 언니 잘났다~." 하면서 기분 나빠하지도, 그런 비교도 별 신경도 쓰지 않았고, 나와도 사이가 정말 좋다. 주변 친구들 중 자매끼리 이렇게 사이가 좋은 건 본 적이 없다고 할 정도로 우리는 친했고, 지금도 친하다.

나는 체육특기생으로 어릴 때부터 숙소생활을 해왔고, 집에 일주일에 한 번 갈까 말까 했다. 우리 부모님은 맞벌이셨는데, 그러다 보니 동생은 집에 혼자 있는 시간이 정말 많았다. 충분히 좋지 않은 길로 빠지기에 쉬운 여건이었다. 하지만 동생은 누구보다 바르게 컸다. 동생이 공부를 잘하건, 뭐를 잘하건 나는 상관없었다. 운동하는 시절 내내 혼자 있는 동생을 보면서 그저 외로울 텐데 제발 다른 길로 빠지지만 않았으면 하는 바람뿐이었다. 다행히 동생은 바르게 잘도 자랐다. 하지만 친척들이나 다른 어른들은 지나가는 말로라도 한 번씩 꼭 언니인 나와 비교를 했다.

난 동생이 정말 아무렇지 않은 줄 알았다. 비교당하는 것에 대해 언급하지도, 기분 나빠한 적도 한 번도 없고, 오히려 나를 인정해 주고 존중해 줬다. 그래서 그 누구도 동생의 감정에 대해서 생각해 본 적이 없다. 동생의 멋진 반란은 수능을 망치고 대학교를 입학한 지 1년이 지난 어느 날 일어났다.

동생은 편입 준비를 시작했다. 사실 편입 준비를 시

작한다고 했을 때 그 누구도 크게 기대하지 않았다. 동생은 편입 준비를 정말 열심히 하더니 원서를 낸 대학교 중 높은 등급의 대학교를 전부 합격했다. 나를 포함한 가족들은 처음에 정말 믿기 어려웠고 놀라워했다. 빼질빼질 까불기만 했던 아이가 혼자서 이렇게 해내는구나. 동생은 합격증을 모두 인쇄하여 신발장에 있는 내 상장들 위에 본인의 합격증을 올려놓았다. 그리고 엄마한테 가서 말했다. "엄마, 이제 둘째 딸도 엄마 친구들한테 자랑해도 돼." 그 말을 들은 엄마 포함 우리 모두는 뒤통수를 한 대 맞은 것처럼 아리고, 눈물이 나올 것만 같았다.

엄마는 친구들을 만나면 내 자랑을 하시느라 바빴다. 그걸 나도 알고 동생도 알고 있었다. 동생도 다 듣고 느끼고 있었다. 속상했던 것이다. 하지만 짜증 내고 화내도 달라지는 게 없다는 것을 이미 알고 있었다. 그래서 그냥 인정하고 본인의 길을 걸어왔던 것이다. 그렇게 열심히 달린 동생은 편입 시험을 마치고, 원하는 대학교를 골라서 갈 수 있었다. 당당하게 동생은 한국체육대학교를 선택하여 입학했다. 합격증을 들고 있는 그 모습이 정말 잊히지 않는다. 멋졌다. 하지만 동생의 반란은 이걸로 끝나지 않았다.

나는 모두가 예상했던 교수라는 직업은 아니지만, 좋은 직장에 들어와서 나만의 길을 걷고, 멋진 삶을 살고 있었다. 그 무렵, 동생은 학교를 다니면서 해양 경찰 준비에 들어갔다. 대학교까지는 그럴 수 있다고 치지만, 사실 해경이 될 것이라고는 아무도 예상하지 못했다. 우리 가족에게 동생은 그저 평소에 덤벙대고, 까불고, 철 없는 아이였다. 해양경찰을 한다고 했을 때, 크게 기대하지 않았다. 어차피 아직 어리니까 해보고 싶은 건 다 해봐도 좋다고 생각했고 그 길을 뒤에서 응원했다. 동생은 정말 열심히 준비했다. 본인을 믿지 못해 휴대폰도 집에 두고 독서실에 갈 정도로 아침부터 밤 늦게까지 열심히 공부했다.

가족 모두가 모여 집에서 쉬는 날이었다. 갑자기 동생이 소리를 지르며 방에서 나왔다. "엄마! 나 합격했어!!!!!" 엄마와 동생은 껴안으며 소리를 지르고 눈물을 흘렸다. 사실 전날, 엄마와 나는 만약 동생이 떨어졌을 때 속상해하지 않도록 어떻게 위로해 줄지에 대해서 이야기를 나눴다. 떨어져서 속상해하기보다 동생이 무너지지 않고 다시 힘내서 일어날 수 있다는 것을 말해 주고 싶었기 때문이다.

이 책을 쓰고 있는 지금, 내 동생은 여수 해양경찰교육원에서 교육을 받고 있다. 아마 이 책이 출간될 때쯤 교육이 끝나 본인의 부서로 들어가서 업무에 충실히 임하고 있을 것이다. 동생은 어릴 때부터 언니의 그늘 밑에서 자라 왔지만, 지금은 우리 가족 중 유일한 공무원이 되어 우리 집안의 자랑이 되었다.

만약 어린 시절, 동생이 불량한 길로 빠지게 되었다면 지금 어땠을까. 동생은 기억할지 모르겠지만, 내가 이렇게 물어본 적이 있다. "집에 혼자 있는데 외롭지 않아?" 동생은 말했다. "사실 많은 유혹이 있는데 그럴 때마다 고생하는 엄마 생각하면 그런 마음이 싹 사라져. 내가 잘해야지." 이때 동생 나이 열여섯 살, 중3이었다. 어쩌면 얘는 나보다 더 빨리 어른이 된 것 같다. 내 그늘에 가려져 속상할 때도 많았을 텐데 동생은 스스로 그 그늘을 햇빛으로 만들었다. 나는 많은 이들의 도움을 받고 자랐지만, 동생은 정말 혼자서 해냈다. 오랜 노력과 기다림으로 내 상장 위에 본인 합격증을 올려 그것을 증명해 보였다. 나는 더 이상 언니 뒤에만 있지 않다고. 나도 이제 자랑스러운 딸이라고.

나는 동생에게 정말 많은 것을 배웠다. 만약 비교당할 때마다 자책하고, 작아지고, 분노하고 증오했다면 과연 지금 우리나라 바다를 지키는 해양경찰이 될 수 있었을까. 아무리 주변에서 남과 비교하고 방해한다 해도 본인의 길을 꿋꿋하게 걸어간 자만이 내가 원하는 목표 지점에 도착할 수 있다.

내가 지금 어두운 그늘에서 너무 외롭고 힘들다면, 절대 무너지지 말자. 분명 누구에게나 기회는 온다. 그리고 분명 누구에게나 위기도 온다. 그 위기를 기회로 만들고, 그 그늘에서 햇볕으로 나올 수 있는 능력은 누구나 가지고 있다. 수많은 유혹과 달콤한 것들에 흔들리고, 넘어가 버리거나, 실수를 해서 조금 돌아가게 되더라도 괜찮다. 다시 일어나면 된다. 다시 이겨내면 된다. 쨍 하고 해 뜨는 날이 정말 온다.

어떤 마음으로
임하느냐에 따라 달렸다

어떤 일을 하더라도, 내가 어떤 마음가짐으로, 어떤 자세로 임하느냐에 따라 효과가 달라진다. 같은 운동을 하더라도 효과는 천차만별이 되고, 실력이 상승되는 것도 천차만별이다.

우리 삐약스핏 크루는 풋살과 배드민턴을 취미로 하고 있다. 우리 네 명 중 주원 언니 빼고는 모두 어릴 때 공놀이를 하면서 놀았던 기억이 있다. 하지만 주원 언니만 공놀이에 흥미가 없었고, 뛰어노는 것에 취미가 없었다. 언니는 100kg이 넘었었다가 현재 50kg을 감량한 상태이기 때문에 예전에 공놀이보다는 살 빠지는 운동법에 더 관심이 많았다. 홈트레이닝, 웨이트 등 살을 빼기 위해 필요한 운동들 말이다. 사실 공놀이에 그렇게 흥미가 있는 편도 아니었다.

2021년 2월쯤 코로나로 답답하기도 하고, 새로운 자극이 필요했던 우리가 고민하다가 시작하게 된 건 풋살이었다. 내가 축구선수를 했었기 때문에 축구를 해보지 않았던 언니들에게 공 차는 법을 알려주기 시작했다. 주원 언니는 처음에 재미없을 것 같다며 안 한다고 했지만, 한 번 해보더니 힘들기도 하고, 운동량도 상당해서 살 빠지는 기분이 든다며 같이 시작하게 되었다. 주원 언니는 풋살을 할 때 처음에는 운동량과 효과에 대한 강박이 어느 정도 있었다. 그날 운동량이 채워지지 않으면 채워질 때까지 추가 운동을 더 하곤 했다.

1년 반이 지난 지금까지도 우리는 매주 풋살을 하고 있다. 그때와 달라진 점은 언니들의 실력 향상과 주원 언니의 마음가짐이다. 주원 언니는 이제 풋살을 진정으로 즐기고 있다. 그러다 보니 다이어트에 대한 강박도 없어지고, 정말 재밌어서 하고 있다. 편한 마음으로 즐기면서 하게 되니, 오히려 살은 더 잘 빠지고, 운동량도 더 잘 채워지고 있다. 스트레스를 받지 않으면서 하니까 몸도, 마음도 그걸 알고 더 높은 효과로 나타나는 것이다.

나도 비슷한 상황이 있다. 선수 시절에는 나가기 싫어도 어쩔 수 없이 운동에 나가야 할 때가 종종 있었다. 몸이 안 좋을 때도, 피곤할 때도, 자고 싶을 때도 직업이니까 어쩔 수 없이 나가서 달려야 했다. 하지만 축구를 그만 둔 지금도 나는 여전히 공을 차고 있다. 지금 하고 있는 운동은 단 한 번도 스트레스를 받은 적이 없다. 그냥 운동을 좋아하는 사람들끼리 각자 만나서 퇴근 후 한 공간에서 운동한다는 자체가 너무 사랑스럽고 재미있다. 운동을 전문적으로 했던 사람으로서 정말 멋진 사람들이라고 생각하고, 팬시리 같이 운동하면 기분이 좋아지고 에너지를 받는다.

같은 걸 하더라도 직업으로 갖고 있을 때와, 취미로 할 때는 스트레스 차이가 어마어마한 것 같다. 그 차이는 '즐기고 있느냐'의 차이라고 생각한다. 취미는 진정으로 즐기기 때문에 스트레스가 되지 않는다. 그래서 심적으로도 편안하다. 조금만 다르게 생각해서 지금 하고 있는 일이 너무 스트레스 받고, 힘들다면 아예 즐기지는 못하더라도 조금이라도 좋게 바라보는 건 어떨까? 그 일을 진정으로 즐기라는 말은 아니다. 하고 있는 일을 즐기라는 건 직장인들에게는 쉽지 않은 일이라는 걸 알고 있다. '힘들다.' '하기 싫다.' '그만두고 싶다.'라는 부정적인 생각들로 가득 차 있다면 될 일도 잘 안 되고, 자꾸만 우울한 생각만 가득 찬다.

예를 들면, 월급으로 내가 사고 싶었던 걸 사는 상상이라든지, 내가 이루고자 하는 걸 이뤘을 때 내가 얻게 되는 것을 상상한다든지, 점심에 먹을 맛있는 메뉴라든지, 주말에 예정되어 있는 설레는 데이트라든지, 계획된 여행을 떠나는 상상이라든지! 어떤 것이라도 좋다. 지금 내가 하고 있는 것을 즐기게 해줄 수 있는 어떤 이유를 하나 찾아 보자.

힘내자. 너무 잘하고 있다. 못한다고 생각하면 정말 못한다. 지금 누구보다 잘하고 있으니, 너무 힘이 든다면 다른 시선으로 나의 일을 바라보자. 분명 작은 즐거움을 찾을 수 있을 것이다. 나는 지금 쓰고 있는 이 책의 완성본을 상상하며 글을 적고 있다. 너무 힘이 나고, 즐겁다.

함께일 때

삶은 더
빛난다

내가 나를 사랑하는 정도가
나의 가치, 나의 소중함을 결정지어 준다.
지나간 일에 배움은 얻되, 자책은 하지 말자.

어른이 된다는 건

초등학교 5학년, 열두 살 때 있었던 일이다. 친구들은 빨리 어른이 되고 싶다고 했다. 어른이 돼서 자동차 운전도 하고, 마음대로 놀러도 가고, 엄마 잔소리 듣지 않으면서 하고 싶은 대로 하면서 살고 싶다고 했다. 하지만 나는 어릴 때부터, 고3, 열아홉 살이 될 때까지 어른이 되고 싶다는 생각을 잘 하지 않았다. 어른이 늦게 되고 싶었다.

딱 한 번 나이를 빨리 먹고 싶었을 때는 있었다. 열한 살 때였는데, 12세 이상 관람가인 영화를 거실에서 엄마와 삼촌이 보고 계셨는데, 그때 같이 보려고 거실에 나갔더니 엄마와 삼촌이 웃으시며 '너는 아직 열한 살이니까 보면 안 된다'고 하셨다. 그래서 나는 '한 살만 더 먹으면 나도 저거 볼 수 있다'고 생각하며 그 한 살을 더 먹고 열두 살이 되고 싶었다. 그때 빼고는 어른이 되고 싶다고 생각한 적이 없다.

책을 쓰며 어린 시절을 회상하다가 그런 주제가 생각이 났는데, 그때의 내가 어떤 마음이었을까,를 생각해 보게 되었다. 그때 왜 나는 어른이 되고 싶지 않았을까? 어른이 되면 걱정거리가 많아질 것만 같았다. 그 시절의 나도, 친구들도 모두 나름의 걱정거리가 있었지만, 어른이 되고, 나이를 더 먹는다면 내가 책임져야 할 것들, 그리고 걱정해야 할 것들, 짊어져야 할 것이 많아진다는 생각을 어릴 때부터 했던 것 같다. 그래서 난 그냥 그대로 어린 시절에 살고 싶었다.

받아쓰길 잘하는 게 더 이상 자랑이 아니게 되고
키는 한참 더 자랐는데 자랑할 일은 사라져 가네
어른이 된다는 건 이렇게 슬퍼도 웃어야 하는 걸까

크면 다 알게 된단 말을 아직까지도 잘 모르겠어
참고 또 참으며 하루를 사는 게 다들 말하는
어른이 된다는 걸까
키는 한참 자랐는데 왜 하늘은 점점 높게만
느껴지는지

내가 좋아하는 노래 중 김나영 님이 부른 '어른이 된다는 게'라는 노래의 가사다.

가사부터 목소리까지 가슴을 뭉클하게 만드는 노래다. 어릴 때 어른들이 하시던 말씀이 생각난다. 크면 너도 다 알게 된다는 말. 하지만 어른이 된 지금, 어른이 되어도 모르는 것 투성이다. 아직 배우고 싶은 것도, 부족한 것도 많고, 이게 화가 난 건지, 억울한 건지, 속상한 건지 어떤 감정인지도 모르겠을 때도 한두 번이 아니다. 아직 모르는 게 많은 어른이다.

이 글을 읽고 있는 모든 사람이 어른이라는 이름에 너무 무거운 짐을 지고 살지 않았으면 좋겠다. 책임감이 있는 건 좋지만, 내가 감당할 수 없는 짐을 지고 살아가지는 말자. 어른도 힘들 때 있고, 어른도 울고 싶을 때 있고, 어른도 참고 싶지 않을 때가 있다. 키는 점점 커가는데 하늘이 점점 더 높게 느껴진다면, 조금만 마음의 짐을 내려놓고, 오늘은 울고 싶으면 울고, 속상하면 푸념도 늘어놓아 보자!

엄마라는 이름으로, 아빠라는 이름으로, 딸이라는 이름으로, 아들이라는 이름으로 혹은 어른이라는 이름으로 어떠한 이름이라는 무게에 눌려 있는 나를 방치하지는 않았는지, 남을 위해 희생하느라 나를 돌봐주지 못한 건 아닌지 한 번 생각해 보는 시간이 된다면 좋겠다. 누군가를 돌보기 전, 내 몸과 마음이 온전해야 한다. 건강도 중요하지만, 내 마음이 온전치 못한 상태에서 살아간다면, 언젠간 작은 짐이 큰 짐이 되어 내 어깨를 짓누를 수도 있다. 책임감의 짐은, 내가 감당할 수 있는 만큼만 짊어지자.

도움이 될지는 모르겠지만, 이 구절을 읽는 사람들 중 오늘 너무 힘든 일이 있었다면, 나에게 인스타그램 메시지를 보내 주면 좋겠다. 큰 위로가 되어 주진 못하더라도, 들어주고, 그 마음을 안아주고 싶다. 오늘도 너무 고생했고, 잘했다고 너무 잘하고 있다고.

 TV 출연

주원 언니가 한 번씩 출연하던 SBS 방송 프로그램이 있었다. 언니가 프로그램을 나갈 때, 나는 서포트를 위해 함께 방송국에 나섰다. 방송을 하는 언니의 멋진 모습을 보며 나도 언젠간 저기에 설 수 있을까? 라는 생각도 했다.

그러던 어느 날, 그 방송국에서 축구를 주제로 다루는 회차가 있었다. 주원 언니의 대본 때문에 나와 연락하셨던 작가님께서 연락을 하셨다. "선생님, 축구선수셨다고 하셨죠?"

그렇게 나는 첫 방송 출연을 하게 되었다. 그저 동경하던 방송국에 내가 출연하게 되었다. 처음에는 믿기지 않았다. 나에게도 이런 기회가 올 것이라고는 상상만 했지, 실현이 될 것이라고는 생각하지 않았었다. 대본을 받고, 읽으면서도 실감이 나지 않았고, 방송국에 도착해서 헤어와 메이크업을 받으니 그제서야 조금 실감이 났다. 첫 방송이라 잘하고 싶었고, 대본을 한 자도 빼놓지 않고 다 외워서 갔다. 들어가기 전에는 긴장이 됐다. 그런데 스튜디오에 들어서니, 오히려 긴장이 풀렸다. 유튜브 방송을 찍었어서 그런지 오히려 카메라 앞에 서니 마음이 편해졌다. 그리고 대사를 다 외우고 준비가 되어 있으니 자신이 있었다.

나는 NG 없이 무사히 첫 촬영을 마쳤다. 촬영이 끝나고 대기실로 돌아와 집에 갈 준비를 하는데 작가님이 달려오셨다. 혹시 다음 회차도 출연 가능한지 물으셨다. 나는 실감이 나지 않았고, 그렇게 다음 회차도 출연하게 되었다.

이 글을 쓰고 있는 시점으로 4개월째 매주 같은 시간 방송국에 출근하고 있다. 피디님, 작가님, 스탭 분들이 좋게 봐주신 덕에 지금은 'SBS 좋은 아침' 대표 트레이너가 되었다. 엄마도, 아빠도, 주변 친구 분들에게 자랑하신다고 한다. 할머니도 일주일 중 그날만 기다리신다고 한다.

　나를 방송국에 데려가 주고, 많은 경험을 시켜 주고, 항상 언니보다 더 멋진 트레이너가 되었으면 좋겠다고 말해 주는 든든한 나의 편, 주원 언니가 있어 너무 든든하고 행복하다. 언니가 아니었으면 나에게 이런 좋은 기회는 오지 않았을 것이다. 나에게 방송국에서 처음 연락이 온 날, 주원 언니는 눈물을 흘렸다. 그 누구보다 축하해 줬고, 행복해해 줬다. 내가 점점 더 멋지고 훌륭한 트레이너가 되고 있는 것 같아 뿌듯하고 언니가 더 행복하다고 했다. 나도 언니 같은 사람이 되고 싶다. 누군가의 행운을, 누군가의 기쁨을 같이 진심으로 기뻐해 주고, 공감해 주고, 응원해 줄 수 있는 그런 사람, 그런 멋진 사람이 되고 싶다.

내 삶을
돌아보며

우연히 인터넷을 보다가 '유서쓰기'라는 콘텐츠를 보게 되었다. 누구는 유서를 쓴다고 하면 재수없다고 하는 사람들도 있겠지만, 나는 다르게 받아들였다. 내가 지금까지 살아온 삶을 되돌아볼 수 있고, 가장 중요한 건, 삶을 돌아보면서 더 열심히 살 수 있는 원동력이 될 수 있다고 생각했다.

3년 전, 팬 분들과 짝꿍 MT를 진행했던 적이 있다. 4명의 팬 분들을 초대해서 함께 1박2일을 보내고 노는 그런 이벤트였다. 그날, 우리는 유서를 써보고 같이 읽어 보는 시간을 가졌다. 그날은 우리 모두 울음 바다가 되었다. 나에게는 소중한 사람들을 다시 한 번 기억하고, 더 뜻 깊은 인생을 살아야겠다고 결심하는 동기부여가 된 좋은 경험이었다.

살면서 책이라는 걸 출판하게 되고, 방송에 출연하게 되고, 여러 일들을 마주하며 정말 정신없는 생활을 하고 있는데, 이 시간들을 보내며 살아온 삶을 진지하게 돌아보고 싶은 생각이 들었다.

이 글을 읽고 있는 독자 분들도 내 인생을 돌아보며 사랑하는 사람에게 하지 못했던 말들, 그리고 지금껏 열심히 살아온 나 자신에게 수고했다고 말해 보는 것도 좋은 삶의 동기부여가 될 것이라고 생각한다. 그런 의미에서 3년 전, 적었던 내 유서를 한 번 더 적어 보려 한다. 이렇게 한 번 더 읽어 보면서 나는 더 열심히 살 것이고, 더 악착같이, 후회 없는 삶을 살게 될 것이다.

유서

저 먼저 갑니다.

누군가에겐 길고 누군가에겐 짧았던 여행을 마치고 행복했던 삶의 마침표를 찍습니다. 내가 사랑하고 나를 사랑했던 사람들에게 마지막 인사를 하려니 실감이 나지 않습니다.

-

먼저 내 생명의 근원이자, 이유였던 부모님에게 마지막 인사를 남겨 보려 합니다.

엄마, 자식이 먼저 가는 게 가장 큰 불효라는데,

나는 우주 최강 불효녀야.

나는 엄마의 딸로 태어나서 누구보다 더

행복하게 살다 가.

막상 엄마를 두고 떠나려니 미안한 것들만

잔뜩 생각나네.

자랑스러운 딸이 되고 싶었는데 먼저 가서 미안해.

건강하고 아프지 말아야 해.

영양제 잘 챙겨 먹고,

밀가루 많이 먹지 말고, 뱃살도 찌면 안 돼.

하늘이 허락한다면 다음 생에는

내가 엄마의 엄마가 되어 엄마를 지켜줄게.

엄마는 이제 딸들의 삶을 위해서가 아닌

오로지 엄마의 삶으로 재미있게

많이 많이 오래오래 살고 천천히 와!!

엄마가 오는 날 천국의 문턱에 마중 나갈게.

엄마의 딸로 태어나서 너무 행복했고 고마웠어.

엄마가 세상에서 제일 예뻐! 사랑해.

언제나 나의 편이 되어 준 우리 아빠,

항상 아빠라는 이름 뒤에서 혼자 외로웠을 우리 아빠.

알면서도 알아 주지 못해서, 안아 주지 못해서 미안해.

그래도 당연하다고 생각한 적은 한 번도 없어.

언제나 아빠가 우리 아빠여서 자랑스러웠고

감사했어.

나에겐 가장 멋지고 빛나는 우리 아빠.

내가 너무 존경하고 사랑해요, 건강하세요!

예희야. 다음 생에는 내가 동생으로 태어나고

싶었는데

생각해 보니 그러면 안 될 것 같아.

그냥 내가 다시 언니로 태어나서 고생 더 할게.

술은 조금만 먹고 살 빼.

너는 그냥 지금처럼 동생 해.

내 동생 해줘서 고마웠고 너 말대로

너 같은 동생 없어!

나 같은 언니도 없고.

그리고 마지막으로 사랑하는 우리 삐약스핏 식구들.
주원 언니, 혜민 언니, 정원 언니.
언니들을 만나서 후회 없고 하루하루
행복한 삶을 살다 갑니다.

주원 언니.
언니를 만나고 내가 보는 세상은 너무도
빛나고 밝았어요.
언니에게로 간 내 발걸음을 칭찬하며 살았고,
칭찬하며 떠납니다.
언니라는 사람을 만나 사랑하는 법을 배우고,
살아가는 법을 배우고, 많은 걸 배웠어요.
받기만 한 것 같아 너무 미안하고 감사합니다.
우리 나중에 하늘나라에서 만나도
이상한 헛소리 하면서 재미있게 놀아요.
내가 천국에 코인노래방 만들어 놓을게요.
언니는 좀 더 놀다가 천천히 오세요.
건강해야 해요.
하늘나라에서도 우리 매일 행복하게 재밌게
후회없이 놀자.

정말 사랑했고 감사했습니다.

혜민 언니.
나에게는 정말 언니다운, 언니였던
유일한 사람이에요.
언니도 힘들었을 텐데 항상 든든하고 꿋꿋하게
우리 곁을 지켜 줘서 고맙습니다.
언니를 만나 정말 많은 걸 배웠습니다.
저에게 정말 둘도 없는 멋진 언니가 되어 주어서
고맙습니다.
다음 생에도 언니의 동생 하고 싶어요.

-

항상 앞만 보고 달려왔습니다.
삶이 너무 힘들 때마다
내일 당장 죽으면 너무 억울하고 후회스럽겠지 라
는 생각만 몇백 몇천 번 한 것 같습니다.
죽음을 앞에 두고, 살아온 날을 되돌아봤습니다. 후
회스러운 삶은 아닌 것 같습니다. 누구도 시키지 않은

일이었고, 모두 내가 선택한 일이었습니다. 언제나 나를 위해 열심히 살아왔고 그랬기에 그 누구보다 행복한 삶을 살아 왔다는 걸 알았습니다.

사랑하는 내 사람들도 행복했으면 좋겠습니다. 저는 후회 없는 삶을 살고 갑니다. 제가 먼저 가 있을 테니 남은 삶을, 지금처럼, 후회 없이 멋지게 실컷 살다가 환한 모습으로 다시 만나면 좋겠습니다.

너무 힘든 세상이겠지만 고통과 시련이 있어 더 빛나는 이 멋진 세상을 그대들답게 이겨내시길 기도하겠습니다. 부디 건강하시고 행복하시길.

과분한 사랑 감사했고, 사랑했습니다.

삶은 함께일 때
더 빛난다

코로나 이전, 우리는 많은 이벤트를 했었다. 우리는
팬 분들을 만나 시간을 보내는 것을 정말 좋아한다.
팬 분들의 애칭은 '보스!' 보스라는 뜻은 '보물 같은 시
스터즈'라는 뜻이다.

보스들을 실제로 만나, 함께 있다가 집에 가면 에너
지로 가득 찬 기분이 든다. 가서 힘을 주고 와야지, 많
이 응원해 주고 와야지, 하는 마음으로 매일 집을 나
서는데, 막상 만나고 오면 내가 에너지가 충전되고,
행복이 가득 차고 벅찬 마음으로 돌아오게 된다. 그래

서 그 존재에 너무 감사하고, 그들에게 나도 적게나마 보탬이 되고 싶고, 그들의 삶에 힘이 되고자 언제나 고민하고 노력한다.

이제 보스들은 내 삶의 이유로 자리 잡았다.

코로나 때문에 중단되었던 행사들이지만, 함께 만나 살 비비며 놀았던 기억들이 매일 아른거린다. 함께 1박2일 래프팅을 가고, 운동장을 대관하여 운동회를 진행하고, 맛있는 걸 먹으면서 회식도 하고, 노래방도 가고, 게스트하우스를 빌려서 같이 게임도 하며 시간을 보냈다. 한 번도 본 적 없고, 서로 모르는 사람들이 SNS를 통해서 함께 소통하고, 시너지가 되어 인연이 된다는 건, 정말 놀라운 일이다.

나는 매번 보스들과 첫 만남을 가지면 소름이 돋는다. 이렇게 사랑스러운 사람들이 도대체 어디에서 뭘 하고 지냈던 걸까, 정말 보고만 있어도 행복하고 웃음이 나온다. 서로의 이야기를 들어주고, 고민을 주고받으며 공감해 주는 걸 바라보면 정말 이 일을 하길 잘했다는 생각이 든다.

이벤트를 하고, 함께 하는 챌린지를 만들 땐, 우리와 보스의 만남도 중요하지만 보스와 보스의 만남과 인연을 최종 목표로 두고 진행한다. 다이어트를 할 때, 운동을 할 때 정말 힘이 나는 것 중 하나는 다이어트 친구, 운동 친구가 있는 것이다. 내가 포기하고 싶을 때, 그만하고 싶을 때 함께하는 친구가 있다면 그보다 더 힘이 나는 건 없다. 어쩔 땐 누군가 잡아주고, 또 다른 때에는 다른 사람이 잡아주고, 서로에게 의지가 되어 건강한 삶을 살아갈 수 있다.

서로에게 동기부여가 되는, 서로에게 힘이 되어 주는 그런 인연을 만들어 주고 싶은 게 우리 크루의 최종 목표이자 존재 이유라고 생각한다. 그런 인연들이 만나 우리 앞에 나타났을 때, 그보다 눈부시고 값진 장면이 아닐 수 없다. 한 명 한 명 너무 소중하고, 빛이 난다. 본인에게 얼마나 빛이 나는지 아직도 그들은 잘 모른다. 그걸 알려 주고 싶다. 얼마나 멋지고, 소중하고 반짝거리는지.

내 직업은 단순히 운동을 가르쳐 주고, 살을 빼주는

트레이너 그 이상의 것을 하는 직업이다. 마음을 안아 주고, 운동 그 이상의 것을 줘야 하고, 주고 싶다. 나 또한 그보다 더한 사랑을 받는다. 나는 내 일이 너무 너무 좋다.

나는 소중하다

오늘부터 거울을 볼 때 하루 한 번은 스스로에게 말해 주면 좋겠다. '너, 잘하고 있어. 넌 참 소중해.' 처음엔 낯간지럽기도 하고, 어색하고 어렵겠지만, 겉으로 말을 뱉진 않아도 속으로라도 매일 말해 준다면 스스로에게 정말 소중한 사람이 되어 있을 것이다. 타인과 비교하지 않아도 내 존재만으로도 나는 소중하다. 스스로 가치를 발견해 내야 한다. 그렇게 외치다 보면 무엇에도 흔들리지 않고, 누구도 침범할 수 없고, 나만이 컨트롤할 수 있는 단단한 내면을 가질 수 있다.

SNS에 보면 매일같이 호화로운 삶을 살고, 마냥 즐거워 보이는 사람들을 쉽게 찾아볼 수 있다. 그들과 내 삶을 비교하여 작아지면 안 된다. SNS는 보여지는 플랫폼이다. 내 좋은 모습만 업로드한다면, 나도 남들 눈에는 매일 즐거워 보이는 걱정 없는 사람이 될 수 있다. 그들도 그들만의 고충, 걱정이 있다. 누구와도 비교하지 말자. 누구나 본인을 가장 초라한 사람으로 만들 수 있다. 하지만 그와 반대로 누구나 본인을 가장 멋진 사람으로 만들 수도 있다.

내가 나를 사랑하는 정도가 나의 가치, 나의 소중함을 결정지어 준다. 자책하고 걱정하고 우울해해 봤자 상황이 변하진 않는다. 내가 바꿔야 하는 건 앞으로 일어날 미래, 그리고 현재 지금 이 상황이다. 지나간 일에 배움은 얻되, 자책은 하지 말자.

지금 바로 거울을 보며 말해 보자.
'너 지금 너무 잘하고 있고 잘 살고 있어.
넌 정말 멋져!'

나를 위해
노력합니다

초판 1쇄 인쇄 2022년 7월 21일
초판 1쇄 발행 2022년 7월 29일

지은이   김예진
펴낸이   김동혁
펴낸곳   강한별 출판사

기획   서가인
책임편집   김지혜
디자인   서승연

출판등록   2019년 8월 19일 제406-2019-000089호
주   소   경기도 파주시 탄현면 헤이리마을길 21-7 3층
대표전화   010-7566-1768 팩스 031-8048-4817
이메일   wjddud0987@naver.com

ISBN 979-11-92237-08-4
· 책 값은 뒤표지에 있습니다.
· 파본 도서는 구입하신 서점에서 교환해 드립니다.